不敢說愛的他

葛莉——著

目次

一、曾經美好的時光

二〇一九年十月

黑頭車行駛在深水灣迂迴彎曲的羊腸小徑，昏黃的路燈沿著山壁彎腰而立，兩旁蓊鬱的林木在夜幕下成為一片天然的墨濃屏障，完美地將香港富豪的別墅遮擋住。

後座的錢心澄化著完美的妝容，一排濃密的睫毛、黑色上鉤的眼線、鮮豔的紅唇，大波浪捲髮撩在左肩，露出性感的鎖骨，平口緊身黑色小禮服讓姣好的曲線畢露，看起來就是準備要跑趴的行頭，但拿著手機通話的她仍在處理公事。

「心澄姐，聯絡到趙翔的老婆了，但他老婆不願意配合，還大崩潰臭罵了我一頓。」話筒一端的助理小芬語氣焦急。

「這樣啊……」錢心澄停頓了下，腦中轉出早想好的備案。「那妳聯絡趙翔的經紀人，請他先把趙翔這個月的通告全部退掉，再跟他老婆說事情開始發酵，經紀公司準備冷凍趙翔，要是她再不出來幫忙止血的話，趙翔的事業恐怕完蛋。」

演藝圈一線主持人趙翔被狗仔隊拍到跟小三在街頭捏臀擁吻，平時營造愛家好男人形象的他被逮到外遇的消息瞬間席捲各大新聞頭條，各方謾罵嘲諷紛沓而來。趙翔是錢心澄公關公司的客戶，當務之急是趕緊拉出一條防火線阻止輿論繼續燎原。

「真的要這樣做嗎？如果退了通告，他老婆又不配合怎麼辦？」小芬有點遲疑。

別人不抽通告已經很好了，他還自己退通告，要是真的落得沒工作就糗了。

「他老婆沒有工作又愛買名牌，一家子開銷都靠趙翔，要是趙翔真的沒收入她會好過到哪？感情可以意氣用事，但錢可沒辦法。況且他們還有兩個小孩要養，媽媽不想想自己也要想想小孩，我相信他老婆是聰明人。不過記得跟經紀人講好，別讓他老婆知道是我們的計畫。」

藝人外遇這種事可大可小，處理得好就只是大眾茶餘飯後的消遣話題，處理得不好形象受損就真的會影響演藝生涯。而最簡單的方法就是元配出聲相挺，畢竟感情只是兩人間的事，若當事人都表示願意原諒，那其他看人吃米粉喊燒的鄉民也只是白搭。

老實說錢心澄根本不在乎趙翔的老婆有多憤恨不平、是否受了委屈，甚至她自己也覺得男人偷吃卻是女人要出來坦下一切非常可笑，但這只是工作，她只要確保能把客戶的危機處理得盡善盡美即可。

「好，我這就去辦。」小芬領命。

掛上電話，錢心澄吁了口氣，從晚宴包拿出化妝鏡確認自己的妝髮仍完美無瑕。別人看她是打扮得漂漂亮亮跑趴釣金龜婿，但其實跑趴是為了工作需求發掘潛在客戶，否則她多想脫下一身束縛、卸下濃妝，穿著睡衣躺在自家沙發上喝熱茶看書享受一個寧靜的夜晚。

黑頭車轉進隱密的小路拐了幾個彎，黑鐵鍍金的巴洛克式柵欄大門氣派地矗立在前，幾位西裝筆挺、體格彪悍的保全排排站。確認了錢心澄的受邀身分，大門打開車子蜿蜒而進，一棟方形純白配有大片落地窗及廣闊陽台的兩層樓別墅出現在前。數條七彩繽紛、燦爛奪目的彩色燈泡從屋頂徐緩展延，有如彩帶般延伸至別墅前方的無邊際泳池，池畔搭著一座座純白的帳篷供應美酒佳餚，衣香鬢影的男男女女或坐或立談笑風生。

錢心澄下了車，左顧右盼尋找派對主人的身影，一方面也不忘跟任何視線交會的人投以微笑點頭招呼，即使是初次見面的人。

人脈與人和在公關這行是相輔相成，讓人留下好印象是基本，得罪人則是大忌，這兩點錢心澄從入行就謹記在心。與人交際談笑她看似游刃有餘，但只有她知道自己是如履薄冰，一點錯都犯不得。

「請問喝杯香檳嗎？」手持香檳托盤的服務生殷勤地上前詢問。

「不用了，謝謝。」錢心澄禮貌一笑。「請問你有看到涵熙嗎？」

俞涵熙，風靡兩岸三地的知名女演員，也是這次生日派對的主角。

「剛剛看到俞小姐在那邊跟人談話。」服務生指了位置。

「謝謝。」她道了謝，朝服務生指示的方向走去。

「不客氣。」服務生客氣地目送她離去，轉身看見後方幾步站著一名高瘦俊逸的男子。

「先生喝杯香檳嗎？」服務生將香檳托盤送到他的視線內。

凝視著錢心澄離去背影的男子被喚回注意力，拿了杯香檳對服務生點頭致謝。

那個人，看起來好熟悉……

記憶像被打了死結，一時想不起到底是誰，他眉頭微蹙，啜飲了口香檳。

「心澄！」俞涵熙開心地張開雙臂歡迎她。「妳來了！我好高興喔！」

宛若黑潭的靈動大眼瞇眸而笑，臉蛋本就精緻秀麗的俞涵熙更顯嬌美，盤著優雅法式髻的她身著香檳金晚禮服仙氣滿溢。

❀

「妳的生日我當然一定要來呀！」

錢心澄擁抱了她，甜蜜的花果香從她的頸際傳來，但暗香中潛藏的燒草味讓錢心澄的眉頭不著痕跡地皺了一下。

「涵熙生日快樂！」錢心澄遞上純黑包裝的禮盒，盒上一朵精緻的山茶花表明了禮物的貴重。「打開看看。」她眨了眨眼。

雖然是因工作認識俞涵熙，但她開朗善良的個性讓兩人相處起來特別愉快，久而久之除了工作往來更多了一層友誼關係。

她知道貴重的東西俞涵熙不缺，除了她自己身價非凡，她男朋友也是富可敵國，但這禮物可是她特別準備。

香奈兒對俞涵熙來說的確不足為奇，但錢心澄神祕兮兮的樣子勾起她的好奇心。打開盒子，是一對精緻的鑽石雙C耳環，特別的是雙C下方各綴著俞涵熙英文名字縮寫的H和X。

「心澄！」俞涵熙驚喜地張大了嘴，不敢置信地看著她。「謝謝妳！好漂亮喔！我好喜歡！」

「我就知道妳會喜歡。」錢心澄開心地說。

「可是妳……妳怎麼……」雖然她知道錢心澄事業有成，但訂做一個香奈兒耳環怎麼想都不像是她能負擔的。

「記得我的工作是什麼嗎？」錢心澄淘氣一笑。

靠關係找人脈訂做耳環對她來說一點都不難，公司也有編列特別預算給ＶＩＰ客戶送禮，她自己只是再貼一點錢而已。

「謝謝妳！我真的好喜歡喔！我現在就要戴上！」俞涵熙立刻換上錢心澄送的耳環，一雙水汪汪的大眼在鑽石的襯托下更顯晶瑩誘人。

「聽說明年香奈兒的亞太地區代言人要找妳，到時簽約儀式妳可以戴這副耳環，他們一定會印象深刻。」消息靈通的錢心澄說。

「還沒確定呢，聽說他們還在斟酌幾個人選。」講到這件事，俞涵熙嘟起了嘴。

「喔？是嗎？除了妳還會有更適合的人選嗎？」錢心澄不是恭維，而是發自內心認為。

俞涵熙近年演藝事業表現亮眼，去年更是一舉獲得雙金獎座加持，在演藝圈地位扶搖直上。

「那個章芸寧囉……」說到這名字，她的小嘴又更嘟了，忍不住嘆了口氣。「唉，比我年輕、比我可愛，經紀公司又力捧，我要是香奈兒，可能也選她。」

演藝圈年輕貌美的女星如過江之鯽，每過一年自己又老了一歲，也表示又加入一批更年輕的妹子競爭，實在是無情又現實。

「如果他們想找的是花瓶，那肯定選她，但如果他們想找的是內外兼具的人，那當然是選妳。妳可是雙金影后耶！要對自己有信心！」錢心澄鼓勵她。

雖然俞涵熙的地位已經今非昔比，但身處競爭激烈的演藝圈內，纖細敏感的她仍不時會自我懷疑。錢心澄也知道就是因為這樣，俞涵熙才會染上那不可告人的祕密。

「好啦，謝謝妳。」俞涵熙對她甜甜一笑，謝謝她的鼓勵。「我去招呼別人囉！妳應該也有事要做吧？」早知道錢心澄是工作狂，來她的生日派對絕對不只是要幫她慶生而已。

「沒錯，希望可以透過妳的生日派對發現更多客戶。」錢心澄大方承認。

「應該很有機會，凱傑也邀了不少朋友。妳知道他們那些有錢公子哥最喜歡胡搞瞎搞，會很需要你們這種公關在後面幫忙擦屁股，哈哈哈。」調侃自己男朋友的同時俞涵熙忍不住笑了出來。「那我去那邊囉！」她指了指前方某個電影公司老闆。

「等一下。」錢心澄伸手拉住她，湊到她耳邊低語。「不要抱人喔，有味道。」

俞涵熙臉色微變。「真、真的嗎？」她連忙抬起手聞了聞自己的指尖和手背。「我明明洗過澡也噴了香水。」

「是不明顯，但還是小心點好。」

演藝圈人人為了掙出頭簡直無所不用其極，像俞涵熙這種已經位居上位的更該謹慎，要是落了把柄在有心人手上肯定是軒然大波。

「以朋友的立場，我也勸妳盡量別碰那東西，畢竟對身體不好。」錢心澄溫言勸道。

俞涵熙幽然一笑，錢心澄說的她當然都知道，但做不做得到又是另一回事。

「謝謝妳，心澄，我會記得的。」她握住她的手拍了拍，表達感謝。「我過去囉。」

錢心澄看了看錶，八點多，正是會場觥籌交錯、酒酣耳熱之際，也是她大展身手的時候。

「上工囉。」她輕盈地道，揚起一抹自信的笑走入人群。

❀

泳池上方的七彩燈飾映照在水面光影交錯，ＤＪ播放輕電音氣氛迷幻慵懶，池畔賓客飲美酒、品佳餚談笑風生。戚瑋卻遠離人群，獨自倚在泳池旁的平台看著前方沉思，一身剪裁合身的黑西裝讓他在夜幕以及棕梠樹造景的掩護下幾乎完美隱身。

他低垂深思的眉目清冷俊朗，氣質斯文卻散發著距離感，仿若一道隱形的牆將他與氣氛熱絡的派對隔開。

「戚瑋。」

呼喊聲傳來，待他回神，聲音主人已走到他身旁。

西裝油頭側梳的李凱傑臉上揚著玩世不恭的笑，一雙笑眸含波的桃花眼電力十足。

「烏漆墨黑的，你在看什麼？」他順著戚瑋的視線望去，白天從這裡可以飽覽深水灣的碧海藍天，但晚上只是伸手不見五指的漆黑一片。

李凱傑故意認真地看了看他，再看了看平台前黑漆漆的一片，一臉驚駭故作誇張道：「別跟我說你在通靈，我會嚇死喔！」他故意誇張帶著港腔的國語聽起來更為滑稽。

「跟俞涵熙在一起幾年了，國語怎麼都沒進步？」連白眼都懶得給，戚瑋不客氣地吐槽。

「她廣東話講得都要比我好了，我國語怎會進步？如果你嫌棄我的國語，不如講英文啦！」李凱傑切換到英文頻道。

比起講國語還被笑，講英文他更省事。

「也好。」戚瑋也轉用英文。

他這趟來主要目的是跟李凱傑談工作之事，還是用英文比較正式，省得李凱傑插科打諢。

「前幾個禮拜助理已經將新合約發給你，應該看過了吧？可以簽名了吧？」他開門見山道出此行的目的。

戚瑋與李凱傑兩人在美國讀書時相識，李凱傑天資不差，但含著金湯匙的他只要混個學歷略懂一二即可，考試都臨時抱佛腳地靠戚瑋筆記支援才順利過關。相較於李凱傑的混水摸魚，戚瑋活脫是個學霸，一畢業就把美國跟台灣兩地的會計師執照拿到手，回台後幾年便自立了會計師事務所。

李凱傑納悶，就他所知，戚瑋的父親，戚尹默，是台灣連鎖醫美診所集團的院長，戚瑋的事務所光是承接戚尹默集團的業務和他在台投資的稅務事項就已經賺得夠飽，但戚瑋對工作還是十分積極。

像他最近計劃在台灣成立新公司投資房地產開發，跟戚瑋簽新的合約只是形式而已，畢竟他在台灣跟錢有關的一切早就都是戚瑋在打理，但戚瑋仍是可以為了追一張合約特地跑來香港找他。

好吧，他這樣說有點偏頗。其實是他壓著合約逼戚瑋來香港參加俞涵熙的生日派對。別說他出小人步數，他是為了戚瑋好，不然戚瑋只埋頭工作沒有社交生活，他可不能眼睜睜看著一個一表人才的帥哥變成孤僻古怪的中年大叔。

「噢喲，戚瑋啊戚瑋，你知道派對時談工作是大忌嗎？哪有人一開口就是合約啊！」李凱傑嚷道。

戚瑋斂眉不語看著他。

明明只需簽幾個字回傳就解決的合約，李凱傑偏拿這個當籌碼逼他來參加派對，他一向與這種場合格格不入，耐心已快被磨光。

「好啦好啦，別這樣盯著我！」知道是自己強迫他，李凱傑也有點心虛。「我的萬寶龍放在樓上，我去拿來就馬上簽給你，OK？」

見戚瑋眉頭又一緊，他趕忙接話。「我不用那支筆簽約不行，那是我的招財筆啊！」

有錢人怪癖多，戚瑋懶得多說什麼。

「那快去。」他轉身繼續看著前方的夜空。

「我去拿可以，但你可不能一直待在這，給別人看到還以為我跟涵熙不會招呼客人！」李凱傑拉過戚瑋圈上他的肩。「你至少拿杯喝的、吃點東西等我，好嗎？」

半拉半推地把戚瑋帶回會場，李凱傑拿了杯香檳塞到他手上。但以他對戚瑋的了解，只要他前腳離開會場，戚瑋後腳絕對溜走，他可得找個人絆住戚瑋。

李凱傑雙眼像火眼金睛似地搜尋會場，俞涵熙在跟下部電影的導演說話、那個拜金女戚瑋絕對翻她白眼、那女的身邊有男伴、那女的只會講廣東話無法溝通……

赫然一個披著大波浪捲髮、穿著黑色平口小禮服的背影閃入他的視線。

有了！就是她！

李凱傑拉著戚瑋追上前叫住她。

「心澄！」

聽到呼喊，錢心澄回頭，臉上原本掛著的微笑卻在看見李凱傑身後的戚瑋的瞬間變為呆愣。

一張開朗清秀的臉蛋從腦海中的死結跳出，和眼前濃妝豔麗的錢心澄交疊在一起，戚瑋一怔。

是她……

沒注意到兩人的反應，李凱傑介紹道：「心澄，他是……」

「我們認識。」錢心澄已回神收起驚訝，臉上恢復美麗的微笑續著李凱傑被打斷的話：

「他是戚瑋。」

❀

二〇一一年六月

「他是戚瑋。」

老闆娘簡短地介紹眼前的高瘦男子。

錢心澄抬頭一望，對上他一雙細長內雙、眼角微挑星眸炯炯的丹鳳眼，不自覺一愣。

這應該是她見過最好看的一對眼眸，配上高挺的鼻梁以及乾淨斯文的輪廓，任誰都無法否認這是一張俊秀的臉蛋，但他唇角緊抿的薄唇和銳利淡漠的眼神卻散發拒人於千里之外的疏離感。

「這是心澄，她在這邊做快兩年了，外場是她負責，有什麼不懂可以問她。」老闆娘轉頭交代錢心澄。「先讓他負責吧檯飲料，妳教他一下，我去準備廚房。白菜滷應該差不多了……」

忙碌的老闆娘來匆匆去匆匆，一眨眼就進到廚房不見人影。

這是一間位在天母的小餐館，雖主打台味十足的炕肉飯以及滷肉飯，店內裝潢卻走文青風，木質餐桌配上溫暖的黃色吊燈，溫暖舒適有如咖啡店。餐點擺盤也不隨意，滷得入口即化的炕肉像上了層釉油油亮亮，跟飯裝在瓷碗內撒上一把翠綠的蔥花，旁邊另附兩樣小碟子盛裝的小菜以及飲料一杯，從原本小吃攤呷粗飽的庶民小吃昇華為餐廳美饌，老闆娘的獨家滷汁更讓饕客回味再三，開業數載已經累積固定客源。

從中學教職退休的老闆娘原本只是想開間餐館打發時間兼分享手藝，沒想到現在日子過得比以前還忙碌。

這家餐館離錢心澄就讀的大學不遠，打工時間又能配合，在這邊一做轉眼也快升大三了，老闆娘對她的工作能力也是讚譽有加。

「還有半小時營業，我先簡單跟你說一下流程……」錢心澄帶戚瑋到吧檯熟悉環境。

「基本上你負責吧檯，客人點餐後我會跟你說需要什麼飲料，飲料的調配方法在這……」她從抽屜拿出一張紙遞給他。「像是鴛鴦奶茶、紅茶牛奶、檸檬冬瓜之類，把這幾樣飲料的做法和比例記起來後很快就能上手了。飲料做完後，再看看我跟老闆娘有什麼需要幫忙的。」

戚瑋接過紙，一雙細長的黑眸掃視了下後便交還給錢心澄。

「你可以先放在旁邊看，一開始沒那麼熟練慢慢做沒關係。」以為他是客氣，她又將紙遞到他面前。

「我記起來了。」

「咦？」錢心澄一愣。

「我已經記好了。」戚瑋面無表情地重複了一次。

「那、那麼厲害……」他冷凍式的句點讓錢心澄頓感尷尬。「那我們先開始準備吧。」

兩人分頭進行各自的準備工作，錢心澄特別留意戚瑋有沒有需要幫忙的部分，卻意外發現她交代過的事情他全都有條不紊且快速地完成，還沒到營業時間已經做完外場準備的兩人在吧檯大眼瞪小眼。

「嗯……你也是暑假打工嗎？」還有五分鐘開店，為了不要讓氣氛太僵，錢心澄主動搭話。

「嗯。」

「你讀哪間學校呀？」

「The University of Texas at Austin.」

「咦？」突如其來的英文讓她一陣錯愕。「德州大學在奧斯汀？」反應不過來的她把剛剛他說的英文直譯出來。

「翻得不錯。」他冷冷地說。

「你……在美國讀書？」

「嗯。」

「怎麼會想來打工呢？」能去美國讀書的人，家裡應該都不缺錢吧？

「無聊。」

「呃，你住哪裡呀？怎麼來的？」

「附近，走路。」

天啊！錢心澄在心中吶喊。怎麼會有人這麼難聊、這麼句點王的？看他長得還不錯，一張臉卻從頭到尾面無表情，就算再怎麼帥，也是讓人一點好感度都沒有。想到接下來四小時要跟他一起工作，天啊！錢心澄忍不住扶額。老闆娘去哪找這麼難相處的人呀？

但薑可能真的是老的辣，事實證明老闆娘沒看走眼。戚瑋除了臉臭了一點外，做事俐落記性又好，飲料調配完全不用再看小抄，吧檯的事情做完還能抽空幫她送餐、收拾桌子，讓同時還要身兼點單、接電話、處理外帶的她輕鬆不少。

雖然是戚瑋第一天上班，但兩人在外場合作無間直到打烊。

「我下班了。」九點一到，戚瑋準時下班，臉上還是冷冰冰的。

「今天謝謝你，辛苦了喔！明天見！」錢心澄對他離去的背影喊著，但他連回頭也沒有，推門而去。

「怪人。」她聳了聳肩，喃喃自語道。

「心澄，」老闆娘從廚房出現。「今天外場還順利嗎？戚瑋做得如何？」

「很好呀！他記性超好，飲料調配的方法他只看了一次就全記起來了！而且交代過的事都不會遺漏。只是就是……臉很臭，又不理人，實在不太像會在餐飲業打工的人。」想起他那張臭臉，錢心澄噘了噘嘴。

老闆娘笑了笑。「戚瑋是我以前的學生，畢業後我們有保持聯絡。他回來放暑假，我怕他在家無聊就問他要不要來幫忙，剛好我也缺個人手。」她停頓了下，對錢心澄暖暖一笑。「戚瑋很聰明，做事很有條理；心澄活潑開朗，客人都喜歡妳，有你們兩個在外場，我很放心。」

被老闆娘稱讚，錢心澄樂不可支，戚瑋的那張臭臉也被拋到九霄雲外了。

反正只是打工的同事，他做他的，臉臭他的，她只要做好自己份內的事，替老闆娘招呼好客人就好了。

她開心又天真地想著。

❀

「……好久不見。」戚瑋的喉頭一陣乾澀，勉強擠出了幾個字。

眼前的錢心澄胭脂抹唇、桃腮粉嫩，含著笑意的杏眼嫵媚動人，眉眼間神韻雖仍有點熟悉，但跟以前綁著馬尾笑容開朗、清新俏麗的她已是判若兩人。

「原來你們認識啊！」李凱傑一臉恍然大悟。「那好，心澄，我把戚瑋交給妳，妳跟他聊聊。我去拿個東西，很快回來。」

錢心澄啜了口香檳，雙眸含笑掃視了下戚瑋。外貌依舊俊朗的他多了幾分歲月堆疊的穩重，特別手工訂製剪裁合身的西裝透露他的事業有成。單以外表評論，現今成熟更增添男人味的他，的確是秀色可餐，但從見到她後他就僵佇在地動也不動，看來個性依然沒變吧？

「你怎麼認識凱傑的？」她搭話。

「美國讀書的同學。」

錢心澄點了點頭，並不驚訝。「現在在做什麼呢？」

「會計師。」

「還住在天母嗎？」

「沒有。」

這熟悉的一問一答，讓錢心澄忍不住噗哧一笑。

「哈哈哈，你還是沒變。」

戚瑋的薄唇動了動，似乎想說什麼，但腦袋與內心一下充斥太多資訊與情緒翻攪著，溢出口的仍只是沉默。

錢心澄瞇著笑，從晚宴包拿出一張名片遞給他。「這是我的名片，請多指教。」

戚瑋看著名片的頭銜：公共關係主任。

看到這職稱，他一點也不意外，很適合她呢。

錢心澄瞄到李凱傑已經從別墅走出來。「那我繼續去忙了，很高興見到你。」

跟他點頭示意後，她踩著高跟鞋自信且優雅的離去，就像以前的一切已經被她拋諸腦後，就算戚瑋曾在她心上插了把刀，那也都是過去了，她才不會浪費時間顧影自憐。

望著錢心澄姣美的背影，回憶一幕幕襲來如藤蔓纏繞，捆得他動彈不得。

他想跟她說些什麼，但他又有什麼立場說些什麼呢？

「嘿，兄弟，東西在這。」李凱傑將合約拿到他眼前。

發愣的戚瑋頓了一下，才緩緩地轉過頭接下。

「你還好吧？」雖然戚瑋平時臉色就不太好看，但李凱傑仍敏銳地發現他似乎有點不尋常。

「……沒事。」

戚瑋拿了杯香檳，轉身走向泳池旁的平台，隱身在黑暗之中。

❀

派對接近尾聲，賓客慢慢散去。跟人交際了整晚，收穫頗豐的錢心澄滿意地找了位子稍作休息。

休息時手也沒閒著，忙著把剛剛收到的名片整理進手機通訊錄，該加的好友、該發的客套招呼訊息一一處理，經營這些人脈等同是充實她的百寶箱。

「心澄，還在忙啊？」送完客的俞涵熙出現在身邊。「車子準備好囉！」這地處隱密的別墅叫不到計程車，非富即貴的賓客們有私家司機不成問題，貼心的俞涵熙則幫錢心澄安排司機接送。

「涵熙生日快樂！謝謝妳的邀請，今天真是大豐收！」對她亮了亮手機螢幕，錢心澄臉上滿是開心。

「如果有做成什麼大生意，別忘了算我一份喔！」俞涵熙開玩笑地說。「快點回去吧！不早了！」

正要送她上車，李凱傑的聲音從後方傳來。

「欸！涵熙，司機要送人回去啊？」

「送心澄回去呀，怎麼了嗎？」

「戚瑋也需要專車接送啦！我以為他早走了，沒想到原來他一直在看海平台那邊，烏漆墨黑的一個人站在那裡，嚇死我了。」李凱傑故作誇張地拍著胸口，像是安撫自己受驚的小心靈。走在他後方的正是戚瑋。

「剛好你們兩個認識，一起搭車沒關係吧？」李凱傑說。

戚瑋沒答話，錢心澄則是大方地回應。

「當然沒問題呀。」

「請問到哪？」

上了車，司機問。

「嗯……先送你回去吧，我還想去尖沙嘴的海濱長廊走走。」錢心澄說。

戚瑋看了看手錶，已經快十一點了。

「麻煩你，就去尖沙嘴。」他對司機道。

錢心澄有些意外他會這樣說，但仍忙著處理手機資料的她也沒表示什麼。

瞥了她一眼，戚瑋知道自己想多跟她相處一些，好似想將兩人斷聯的這段空白填上些什麼，但腦中翻騰的思緒卻只是梗在喉頭，一個字也說不出口。

戚瑋望向窗外，眼角餘光卻無法控制地飄向旁邊的她。忙著回覆手機訊息的錢心澄停下敲打的手指，一雙大眼轉了轉好像在想著什麼，忽地與戚瑋視線對上。就那麼一瞬間，他立刻移開了視線，轉往車窗外的風景。錢心澄略微一愣後繼續看著手機，腦中卻一片嗡嗡作響。

他剛剛一直在看著她嗎？

但很快她便揮去了這個念頭，不願多想。

寂靜的車內，兩人沒有交談。

車子來到維多利亞港，岸邊摩天大樓璀璨絢麗的霓虹燈熒熒閃爍。錢心澄雙眼一亮，開心地下車直衝岸邊，拿起手機對迷人的夜景連拍。戚瑋跟在後頭，香江夜景燦爛迷人，但他的視線卻只落在拿著手機滿臉歡欣對著夜景自拍的錢心澄，微微瞇起的黑眸目不轉睛地凝視著她。

拍了幾張照片總算滿意，錢心澄才注意到戚瑋走到旁邊。

「很漂亮吧！要不要幫你拍照？」

從她澄亮的大眼間完全看不出任何隱藏的情緒，難道她對他真的沒有任何怨懟嗎？

面對戚瑋的沉默，錢心澄不以為意，轉身沿著濱海長廊想散散步好好欣賞美景，但穿著高跟鞋站了整晚的痠痛從下肢傳來。她看了戚瑋一眼，淘氣地對他眨了一眼。

「你別介意。」說完，她將高跟鞋脫下提著，赤腳走在地上。「啊，舒服多了。」她自在地呼了口氣。

他在眼前濃妝豔麗的她身上看見了跟以往一樣率直的錢心澄。看見了以前的美好時光。

「這麼晚了，怎還會想特地過來？」走到她身邊，他開口問。

他主動開口讓她有點意外。

「明天就要回台灣，只有這時間有空來看看呀。」她笑吟吟地回答。

十月的香港秋高氣爽，天空清朗無雲讓斑斕閃爍的夜景更顯燦爛。清爽的天氣在夜深後略顯清冷，穿著平口洋裝的錢心澄不自覺摩挲了下上臂，但被眼前璀璨深深吸引的她不想因為這一點涼意就打道回府。

「咦？」眼角有個黑影入了視線，她回眼望去，是戚瑋遞來的西裝外套。

「穿上吧。」

錢心澄一愣，而後笑開。

他還是一樣觀察入微又細心……

「謝謝，但不用了，這樣涼涼的很舒服。」她婉拒，故意往前走了幾步，拉開與他和外套的距離。

被拒絕的他默默地將外套拎在手上。剛在她身上找回了一點熟悉感，現在卻又充滿了距離，他不知該如何應對。

錢心澄再拿出手機打開社交軟體，對著夜景攝影後發布限時動態。

「啊，我還沒跟你要聯絡方式呢！」她這才突然想起。「你用Line嗎？還是Instagram？哪個比較能聯絡你？」

「Line吧……我沒有Instagram。」

「我們公司也有在做品牌形象規劃、活動企劃，有興趣的話都能了解一下。」對她來說，現在的戚瑋只是人脈百寶袋的其中一個道具，其餘的她別無所思。

「妳工作還是這麼認真。」從在餐館打工時她就是個努力的人。

「不像你有那麼好的天分跟學歷，只能靠自己多努力囉！」她自嘲了下。

沒有學歷光環的她只能靠勤能補拙，也幸運有主管賞識，讓她可以適才適所發揮。

「你跟老闆娘還有聯絡嗎？」她問。「之前去天母找客戶，餐館好像沒開了。」

「她二度退休一陣子了，過年過節會問候一下。」

他知道當初他離開後，她也離開了餐館。

他停下腳步，目不轉睛地看著她。「以前的事……」

人家都說時間是最好的解藥，回憶會隨時間風化淡去，但在他身上，回憶卻像針，在歲月這塊磨刀石上越是磨得鋒利，在心頭扎得越深，對她的愧疚就越深。

聽見他提到以前，錢心澄略顯詫異，開口打斷了他。「以前的事都過去了，那時大家都還年輕，而且我也忘得差不多了。」

「我很抱歉。」他直接道。

錢心澄一愣，突然微溼的眼眶洩露了雖時過已久，但仍有一小塊地方隱隱作疼。其實她早已說服自己放下了，只是戚瑋的道歉能讓她早已結痂的傷口癒合得更完整無瑕。

錢心澄笑著拍了拍戚瑋的肩。「我都說沒事了，你幹嘛啦！別放在心上了！」

雖沒說話，但他臉上的線條和緩許多。或許跟她道歉也是為了釋放心裡的愧疚，而她的率真跟以往一樣，總能撫平他的心。

「我的飯店到囉！」

不知不覺間他倆走到了香格里拉酒店前。

「真的很高興再見到你，看到我們都過得很好，我很開心。」錢心澄穿回高跟鞋。「回台灣再聯絡囉！如果有任何需要，隨時都可以找我喔！品牌形象營造呀還是辦活動之類的。」繞了一圈話題又回到工作上。

「晚安囉！」嬌俏地對他揮手道別，錢心澄走進酒店大廳。

看著她的背影，放下愧疚的回憶少了鋒利的銳邊，曾經美好的時光越發閃亮。

「晚安。」他輕聲道。

二、做錯事的沒人愛

午後三時，中環地鐵站人來人往，行人除了來去匆匆的神色一致外，蒙著半臉的口罩也成了每個人臉上的標準配備。

錢心澄下了地鐵，戴著口罩的她往F出口朝文華東方走去，一刻不得閒的手機又響起。

「心澄姐，剛剛衛福部記者會發布，明天開始從中港澳地區入境台灣要居家檢疫十四天欸！那妳後天回台灣也會被影響到耶！」小芬焦急的聲音傳來。

「嗯，我剛剛有收到消息。」相較於小芬的慌張，錢心澄沉著交代：「我正在整理我的行程，晚點我會發給妳，原本要跑的客戶我會安排人接替……」

「心澄姐，還有一件事，今天美萊雅的張經理打來說要跟妳擬定新產品的網紅試用名單。」

錢心澄眉頭一擰。「前幾天已經送名單給他了，沒收到嗎？」

「呃……」小芬欲言又止。「是有送到，但張經理說想跟妳當面談……」

她也覺得這點小事還要跟心澄姐當面談有些莫名其妙，但身為助理只能如實傳達客戶的要求。

「先幫我轉告他說想見面談的話要十四天後，這樣會趕不上新產品上市的宣傳，還是請他先看看名單吧。晚點我再發訊息跟他打個招呼。」

她繼續跟小芬交代行程變更，走過文華東方精品街，俞涵熙精緻美麗的臉蛋在櫥窗內對她含笑而視，錢心澄的嘴角也揚起抹笑。

越過大理石長廊至咖啡廳，穿著筆挺制服的服務生上前詢問。

「我跟俞小姐有約。」

服務生點頭了然，領著她走至咖啡廳最內側的隱密角落，戴著漁夫帽壓低帽緣的俞涵熙正在位子上等她。

「心澄！」俞涵熙熱情地揮手，起身擁抱她。

花果香混雜著濃厚的燒草臭味毫不遮掩地從她身上傳來。錢心澄皺了下眉，看來俞涵熙最近真的壓力值爆棚。

「涵熙恭喜妳呀！拿到香奈兒的代言！剛剛一路上走過來都是妳的廣告，好美啊！」她笑著恭喜她。

「謝謝。」一抹笑在俞涵熙蒼白的臉上淡淡地掃過，原本靈巧的大眼下有著深深的黑眼圈。

「妳還好嗎？」錢心澄關心地問。

得知這幾天她在香港出差，俞涵熙特地約了她見面。雖然錢心澄行程滿滿，但還是特地為了她排開時間。

「還好……」俞涵熙心不在焉地道，有氣無力地替自己倒了杯茶。

「涵熙，妳約我出來，不是為了跟我說妳還好吧？」錢心澄溫柔地看著她。

對上她的眼，俞涵熙瞬間紅了眼眶。「心澄，我們上次見面才三個月前，怎麼才三個月，事情變這麼多？我在中國的片約和廣告不是順延就是取消，本來談了一個代言也因為疫情沒下文。剛剛又有新聞說回台灣要檢疫十四天，連我原本下禮拜在台灣的通告也都沒了，公司都轉接給章芸寧了。」說著說著，豆大的淚珠從她臉上滑下。「再這樣下去我會被她取代了。」

錢心澄嘆了口氣。從去年底新冠肺炎出現在新聞版面後，疫情擴散的速度便一發不可收拾，原本以為只是跟SARS一樣風聲鶴唳幾個月後就能好轉，沒想到情況越演越烈，各國甚至開始封城或封鎖邊境對抗病毒擴張，對許多人的生活影響甚鉅。

「妳別想太多，這只是暫時的。章芸寧只是撿妳不要的，現在影視產業幾乎停擺，她也成不了氣候。」錢心澄掌心搭上她的手背暖言安慰，理性分析給她聽。「現在沒工作邀約，但正是時候秀一下妳自帶的流量，媒體還是會把焦點聚集在妳身上。像現在因為疫情，社會氣氛低迷，妳如果在Instagram發些正向、鼓舞大家的東西，絕對有加分效果。」

錢心澄分析地頭頭是道，俞涵熙卻滿臉似懂非懂。

「簡單來說就是，妳在Instagram多發點開心的事情和照片，我看到合適的就會發給記者，幫妳上新聞。」她幫忙簡單地做了結論。

「真的嗎？謝謝妳！」彷彿在迷霧中找到明燈，俞涵熙臉上的陰霾一消而散，滿是感激。

對藝人來說，沒版面沒新聞就等於沒影響力，若被貼上過氣的標籤更等於是慢性死亡，聽到錢心澄能幫她搏版面，她才像吃了定心丸。

「不過涵熙，妳真的要注意一下妳的那個癮……香水都蓋不住了。」錢心澄直言道。

俞涵熙臉色又瞬間刷白。她早上忍不住又點了一根，出門前還刻意洗過澡，但果然逃不過錢心澄的鼻子。

「我最近都睡不著……」知道錢心澄說的都是事實，但她仍囁嚅地想為自己辯駁。

「我知道妳壓力大，」錢心澄拍了拍她的手表示理解。「但這樣對身體真的不好，我是擔心妳的健康。有空跟凱傑多去郊外走走也能幫助放鬆，好嗎？」

「好……我知道……」她雖應好，但飄浮的語氣卻不太有說服力。「妳後天回台灣嗎？」不想錢心澄一直繞著這打轉，她另開話題。

「是呀，突然要檢疫十四天，我一堆行程還沒搞定呢。」想到被打亂的工作，錢心澄苦笑。

「上次有在我的生日派對找到什麼大客戶嗎？像是那個……」俞涵熙在腦海胡亂搜索當天的賓客有哪些人。「戚瑋？」記得他是李凱傑的好朋友，特別有印象。

乍聽到這名字，錢心澄略顯錯愕，但隨即哈哈大笑。「哈哈哈！涵熙，妳要嘛也提個大老闆的名字，怎會提到他呢？」

「什麼意思？」俞涵熙不解地微蹙秀眉。

「戚瑋是我以前的朋友，但那天派對後也沒再聯絡。會計師事務所……是跟我們比較難搭得上關係。至於其他人嘛，本來也是有一兩個活動要給我們辦，但也受到疫情影響，目前都擱置了。」她無奈地聳了聳肩。

錢心澄的手機行事曆叮一聲跳出畫面，她一看，對俞涵熙露出歉意一笑。

「涵熙抱歉，我要走了，還有個客戶要見。」

「等一下，拍張照再走。」俞涵熙抓住她自拍了張。

「照片再傳給我吧，先走囉！」

錢心澄趕往地鐵站搭車前往下個會面點。

俞涵熙個性善良又沒心機，就是心靈纖細易碎，需要錢心澄適時的加油打氣，而她不為人知的癮頭對公關工作來說也是顆未爆彈，讓錢心澄三不五時就得提醒她一下。

「叮」一聲，手機又傳來聲響。

「Hxxxi1013在一則貼文中標註了妳」

是Instagram跳出的通知。

錢心澄點開看，是俞涵熙發了剛剛兩人的合照，下方寫著：

「我最好的朋友。#BFF#回台灣檢疫加油#希望很快再見」

對俞涵熙的可愛沒轍，她嘴角噙笑，對貼文點了兩下，給了愛心。

❀

「妳好，請問是錢心澄小姐嗎？我是里幹事，請問今天體溫正常嗎？有發燒、咳嗽其他不舒服的症狀嗎？」

回台居家檢疫第三天早上九時許手機響起，還蒙在被窩裡的錢心澄睡意朦朧地回報一切正常，掛掉電話，正想再睡一下，手機又響起。

「阿心啊，啊妳現在好無？」接通電話，錢媽充滿關切的台語傳來。

「媽，我很正常……無歹誌，很健康。」她的聲音仍是睡意濃濃。

「啊那九點啊還在睏？妳食飯咁有正常？咁有得吃？誰幫妳送飯？」擔心女兒自己一個人在台北餓著的錢媽關心連發。

「現在不用上班，我補眠……食飯正常，台北這外送就方便，妳免煩擾。」

「有得吃就好，啊無妳阿爸煩擾妳自己一個人，講要去台北送吃的給妳。」

原本還半睡半醒的錢心澄聞言笑開，內心已被爸媽充滿暖意的關心填滿。「從高雄送來也太遠了啦！恁免煩擾啦！不用上班我剛好可以在家休息，我只煩擾會變肥。」

「好啦，妳照顧好自己。有什麼需要記得講。」錢媽語氣間盡是不放心。

掛掉電話，錢心澄也已醒了大半。起床梳洗煮了杯咖啡，打開Line回覆公事訊息。

雖然不用進辦公室，閒不下來的她還是緊抓著工作。現在社交網站當道，人氣破百萬的網紅網美若想長久經營或延伸觸角多方發展還是需要專業規劃，既然現在無法跑客戶，那她就善用社交軟體看看有沒有潛在客戶可以發掘。

打開Instagram，先關注一下主要客戶的動態有沒有異常，或是可以交給媒體發新聞的，再來看看有哪些有潛力的網紅可以栽培合作交給小芬跟進，之後推活動或是產品可以協助宣傳。

人家滑Instagram是打發時間，她連滑Instagram都是在工作。不知不覺滑到中午，覺得眼睛有點痠了，想關掉手機休息一下時又跳出了通知。

「Hxxxi1013在一則貼文中標註了妳」

點開一看，是穿著運動服的俞涵熙在鶴嘴石拱橋前的俏姿。

「@Crystalxxxx下次一起來吧！#我很聽話#在台灣檢疫過得好嗎# Missyou」

看來俞涵熙有聽進她的勸，很努力地出外踏青。錢心澄開心又欣慰地點了兩下給了愛心。

早餐只喝了咖啡的肚子發出叫聲提醒她該吃午餐了，又是時候叫外送了。在外送服務方便的現在，她最大的煩惱不是沒得吃，而是不知道要吃什麼。

外送平台APP上店家選項乍看眼花繚亂，但看久了也就是那幾間。這間吃過、那間不好吃、這個評價好低，滑了一圈還是回到最常點的那幾家，但關在家裡這幾天餐餐叫外送，她也有點膩了。

看著外送APP找不到想吃的東西，錢心澄正有些洩氣，手機上方滑出訊息通知。

戚瑋：「妳在居家檢疫？」

錢心澄驚訝地瞪大眼睛。

「對呀，你怎麼知道？」他怎會知道？

「有需要什麼嗎？」

「目前還好，謝謝。」後面接了個笑臉貼圖。

戚瑋已讀，沒回話。

不知道該吃什麼的鬱悶還揪在胸口，錢心澄將那股悶氣移轉到指尖上抒發。

「不過外送吃到不知道要吃什麼。」

訊息已讀半晌，以為對話結束的她正要離開視窗，訊息又來了。

「要吃牛肉麵嗎？」

「咦？」錢心澄的眼睛又瞬地瞪大。

「妳住哪？」

「不用麻煩了……」她連忙婉拒。

「我點了。」

戚瑋的言簡意賅反而讓錢心澄平時慣於虛與委蛇的社交辭令瞬間頓塞，結巴的指頭只能老實地敲下回應。

「我住南京東路……」

「半小時到。」

天啊啊啊啊啊啊！錢心澄在心裡尖叫。半小時！還素顏穿著居家服的她立刻從床上跳起來，從衣櫃挑出T恤、牛仔褲換上。頭髮沒時間用電捲棒整理了，直接紮成馬尾省事。擦上隔離霜拍拍蜜粉，睫毛夾翹刷上睫毛膏，眼線描完還正想上個腮紅，門鈴響了。

錢心澄深呼吸了一口，緩下情緒，對著鏡子露出一抹亮麗的微笑。

專業專業，現在是工作、是工作，把他當成客戶、把他當成客戶。她催眠著自己。

「來囉！」

錢心澄微笑開門，見到戚瑋戴著口罩，她才猛然驚覺自己忘了東西。

「等我一下！我戴個口罩！」她又立刻關上門。

雖然只是幾秒的瞬間，淡妝束著馬尾的她一張秀麗的臉蛋已經清楚地跳進他的眼簾，回憶中那個清純俏麗的錢心澄再次鮮明了起來。

門又開了，錢心澄已戴上口罩，雙眼含笑看著戚瑋。

「真不好意思讓你特地送來，真的很謝謝你。」

「趁熱吃。」戚瑋將東西交給她，黑眸對上她晶亮澄澈大眼的瞬間彷彿被磁鐵吸住，頓時停格移不開視線。

「嗯？」見他直盯著自己，錢心澄略感疑惑地偏頭看他。「怎麼了？」

難道是自己睫毛膏暈開了嗎？但不可能呀，她才剛刷上沒多久耶！

被她一問才回過神來的戚瑋感到有些難為情，自己居然望出神了，還好戴著口罩她應該看不見自己的表情。

「我先走了。」好似怕被錢心澄看穿內心所思，他說完就轉頭離開。

「謝謝你喔！」朝他的背影喊道。

沒想到走得這麼快，錢心澄又關上了門。

戚瑋來不到三秒，她卻花了半小時化妝。嘖，早知道她就戴口罩戴墨鏡戴帽子全遮起來就好了。

打開袋子，麵跟湯貼心地分開包裝，拿碗盛裝，香噴噴的牛肉麵勾得她的五臟廟又是一陣抗議。

她喝了口湯先暖胃，濃郁的大骨湯與蔬果熬製的清甜在嘴中散開，錢心澄驚訝地瞪大眼睛。夾了塊半筋半肉的牛肉入口，那鮮嫩卻帶咬勁的口感久違卻熟悉地喚起腦海一幕幕畫面。

「天哪，真的假的……」錢心澄喃喃自語，仍有餘溫的牛肉麵烘出了她眼眶的熱度。

「你從天母買過來的？」她拿出手機傳了訊息。

半晌，回覆傳來。

「剛好在那辦事，順路。」

「可惡……」錢心澄眉頭揪起，但微紅的鼻頭以及忍不住上揚的嘴角弧度卻滿溢感動。

❀

「欸，小姐，我剛剛說我要檸檬冬瓜，但這個是冬瓜茶欸！」幾分鐘前剛離開的歐巴桑又回到店裡，手提著一杯飲料對櫃檯的錢心澄抱怨。

「我幫您看一下……」錢心澄調出方才的電腦點單紀錄，上面的確是寫著檸檬冬瓜。「不好意思，我疏忽了，馬上幫您換一杯。」

「小姐，妳這樣不行欸，要是我沒發現，不就讓妳A了我十塊錢！」

「真的很抱歉。」錢心澄示意吧檯的戚瑋補上一杯檸檬冬瓜。「這杯檸檬冬瓜給您，冬瓜茶您留著算我們招待，真的不好意思。」她臉上滿帶歉意地賠罪。

「鞠小姐，做事認真一點啦，讓我還這樣跑回來真浪費時間。」見她態度誠懇無處可再刁難，歐巴桑碎唸幾句後拿了檸檬冬瓜離開。

確認歐巴桑身影消失，錢心澄回頭對吧檯的戚瑋眨眼一笑。「解決了！」

戚瑋看向剛剛的單子，上頭的確印著「檸檬冬瓜」。

是他弄錯了。他感覺手心一溼。

他的疏失讓錢心澄被酸了一頓，他等著她過來興師問罪，但她仍是笑咪咪地招呼客人，直到下班她連提都沒提到這件事。

「九點了耶。」錢心澄看了看時間，再看了看還在店裡的戚瑋，訝異總是準時下班的他怎還沒走。

「心澄，今天辛苦了，妳先下班吧！」老闆娘從廚房走出來，看向戚瑋。「戚瑋，陪我喝杯茶再走。」

「那我先走囉……再見。」錢心澄背起包包離開。

老闆娘裝了兩杯冬瓜茶，遞了一杯給他。「來一個禮拜了，還習慣嗎？」

「嗯。」接過茶杯，他點點頭。

「最近還好嗎？」老闆娘關切地問。

身在廚房的她也聽見了稍早外場的動靜，她知道戚瑋聰明沉穩鮮少犯錯，但若有心神不寧的情況發生可能就是一個訊號，就像當初她如果早點發現他發出的訊號，或許事情會不一樣。

「……很好。」避開老闆娘的視線，他低頭看著手中的冬瓜茶，喝了一口。

「難得回來，有見見以前的同學嗎？還是見到……你想見的人？」

聞言戚瑋握著杯子的手一緊，從中午開始就盤據在他腦海的畫面越發清晰。

在百貨公司，他看見那個女人牽著一個小女孩，女人看著小女孩的臉滿溢著溫柔的笑，那樣幸福的畫面，卻痛得他撕心肺裂。

「沒有。」壓下心頭的鮮血汩汩，他抬起眼正視老闆娘。「老師我要先回去了。」

見他嘴唇緊抿，看來是不願多談，老闆娘也從善如流不再多問。

「你跟心澄有空多聊聊，你們年紀差不多，應該很有話聊。早點回家……」好像說錯了什麼，老闆娘話語一頓改口。「早點回去休息吧！」她拍了拍他的肩膀。

離開餐館，老闆娘的叮嚀雖言猶在耳，但早點回家這件事在他身上不成立，他的存在只是讓大家徒增尷尬也讓自己尷尬，對每個人都好的方式就是等大家都睡了再回家。

在台灣的這段時間他總是一大早就出門到圖書館待上整天，晚上到餐館打工，下班後就隨便找地方吃東西打發時間，等時間差不多了才慢慢走回家。

今晚沒什麼食慾，他打算去便利商店買個喝的就好，裡面有位子也能坐著消磨時間。

「叮咚」一聲，沒聽見店員喊的歡迎光臨，倒是聽到了自己的名字。

「戚瑋！」

坐在門邊位置的錢心澄看見他，舉手打招呼。戚瑋看了她一眼，微微點了點頭。

他走到冷藏櫃前挑選飲料，看見放在最底層不起眼的養樂多。

百貨公司裡那女人幸福又溫柔的笑臉跳出腦海。

他不曾得到過那樣的笑，但他記得她曾給過他的唯一的東西。

結完帳，店內還有其他位置，但錢心澄一雙閃亮的大眼直盯著他，又想到今天那杯檸檬冬瓜的事，戚瑋默默地坐到她旁邊。

「哇！」看到他手裡的兩罐養樂多，錢心澄瞪大眼。「養樂多!?」

他居然會喝這種跟他完全搭不起來的東西!?

誤會她驚訝的意思，他把一罐養樂多放到她前面。

「不用不用，謝謝。我吃飽了！」她比了比自己面前完食的飯糰和瓶裝綠茶。

「你不吃飯嗎？」看他只喝了養樂多，錢心澄問。

「不餓。」他簡潔地回答，沉默半晌才又開口。「今天我做錯飲料，抱歉。」

「喔。」經他一提她才想起那件事。「那沒什麼呀！你別放在心上啦！」

「妳不在意嗎？」因為他的錯讓她受到無妄之災，但她爽朗的樣子看起來像一點事都沒有。

「為什麼要在意？」她不解地反問。

「是我的疏忽，但被罵的是妳。」

「幹嘛這樣說，人都會有犯錯的時候，互相幫忙是應該的。」她理所當然地道。

「是嗎……」戚瑋看著手中的養樂多空瓶。「我倒是很怕犯錯。」他細喃道。

「為什麼？」她看著他問。

沒料到自己會說出心中所思，戚瑋一時間不知該如何回應，沉默了會才慢慢說出：「做錯事的人沒人愛……」

「做錯事的人沒人愛？」錢心澄擰眉重複他的話，臉上滿是丈二金剛摸不著頭的不解。

戚瑋撕開另一罐養樂多的封膜，仰頭飲盡。

「我覺得，做錯事的不一定沒人愛，可能更可愛。」她雙手捧著臉，搖頭晃腦地發表自己的看法。

「什麼意思？」他俊眉一皺。

錢心澄側臉看向他。「像你平時工作表現無可挑剔很完美，我就覺得你是那種超級資優生，又優秀又讓人有距離感，尤其你臉又特臭，我根本不敢找你聊天。」她可沒忘記他第一天句點她到讓人三條線。「但今天你犯了一個小小小小的錯，不影響你的優秀程度，可是讓我覺得跟你距離沒那麼遠了，稍微敢找你講話一點點，就像現在這樣。」她對他咧嘴一笑。

「是嗎。」他不置可否。

「你看我難得跟你講這麼多話，不就是最好的例子嗎？」她眨了眨眼。

她說的話雖未必符合他心中所想，但大相徑庭的思考模式讓他覺得有趣。

「妳話本來就很多吧。」他出言調侃。

「話再多遇到你都被句點啦！」她抗議，注意到他的臉部線條與以前相比和緩許多。

似乎可以再跟他多聊些什麼，錢心澄的手機鬧鐘卻響起。

「我的公車要來了，先走了。」她將吃完的飯糰包裝收拾丟棄。「你也早點回家吧！明天見囉！」

戚瑋望著她匆匆離開便利商店趕公車的背影，想著她說的那句「早點回家」。

老闆娘剛剛也說「早點回家」，但是，他有家嗎？

❀

雖然那天兩人在便利商店難得多聊了幾句，但餐館生意太好，工作時根本沒多餘時間閒聊。而戚瑋也如同往常，下班時間一到就準時走人。

錢心澄照例在等車的空檔去便利商店解決晚餐，只是這幾天她發現，每當她坐著啃飯糰時戚瑋都會在差不多的時間從外面經過，兩人會對到眼打個招呼，然後他再默默地走遠。錢心澄雖疑惑每次都第一個下班的他怎還會出現在附近，但也沒放在心上。

這天正準備打烊，錢心澄在收銀台前對點今日營收。

「心澄，幫我看一下紅茶煮好沒！」老闆娘的聲音從廁所傳來。

「好。」她應聲後進到廚房。

「小心燙喔！」老闆娘叮嚀著。

就在同時，戚瑋聽見廚房傳來倒抽一口氣的聲音。他放下手邊工作過去查看，見到錢心澄正在水龍頭下沖著右前臂。

看到他進來，她尷尬一笑。「碰到鍋緣。」皎白的手臂上印著一抹紅色的痕跡。

「怎麼了嗎？」見到戚瑋站在廚房口，剛走出廁所的老闆娘問。

聽見老闆娘的聲音，錢心澄忙收起手臂關掉水龍頭，對戚瑋做了個「噓」的手勢。

「老闆娘，紅茶的火我已經關囉！」

「好，謝謝妳。時間差不多了，你們弄完就下班吧！」

雖沒起水泡，灼熱的刺痛感仍在前臂擴散開，但為了不讓老闆娘擔心，她巧妙地遮起手臂，回到前台繼續剛剛未完的工作。

點好錢，跟電腦核對無誤，錢心澄寫下數字簽名，等老闆娘忙完廚房來核對，眼角餘光瞥見一條乾淨的溼毛巾從旁邊遞過來。

「咦？」她順著毛巾的方向望去，是戚瑋。

他沒說話，視線落在她前臂上紅腫的燙傷痕跡。

「這沒關係，沒有很嚴重。」領略他的意思，她笑道。雖然有點痛，但忍一下就過去了。

戚瑋將溼毛巾直接蓋到她的前臂上。

「最好是沖水。」但她又怕被老闆娘發現，那至少也要冷敷一下吧。

涼涼的毛巾舒緩了熱辣辣的刺痛，她訝異於他的舉動。

「謝、謝謝。」

戚瑋回頭繼續收拾吧檯，九點一到，他背著背包準時離開，跨出門口之際回頭看了一眼錢心澄才轉頭離去。

跟老闆娘確認當日營收無誤後，錢心澄一如往常趁公車還沒來之際到便利商店吃飯。

咬著飯糰的時候，又看見戚瑋出現在外頭。兩人對上眼，她笑著對他揮了揮手招呼，以為他也會像往常一樣只是經過，沒想到戚瑋走進了便利商店。

錢心澄看著他往貨架走去，過了一會兒結完帳的他走到她旁邊坐下，桌上放了兩罐養樂多。

「你很喜歡喝養樂多呀？」上次看到他買養樂多，這次又買一樣的。

戚瑋伸手將某樣東西放到她面前，錢心澄一看，是罐小護士。

她瞪大雙眼，看著小護士，再看著他。

「記得擦。」他開了養樂多，一頭仰盡。

「謝謝你！你人怎麼這麼好！」錢心澄立刻打開小護士，挖了一層薄擦在燙傷的地方。

滿臉笑的她毫不掩飾自己的開心，清秀的臉蛋在笑容的點綴下更顯亮麗，戚瑋不自覺看出了神。

「喂！」她揮手在他眼前晃了晃。「你在發呆啊？」

回過神的他略感窘意，把養樂多送到唇邊想藉由喝飲料掩飾，卻發現手中的養樂多早是空罐。

「哈哈哈！」一舉一動都被錢心澄看在眼裡，她忍不住噗嗤一笑。「其實你人滿好的欸，幹嘛老是臭一張臉又愛當句點王？」

他拿了另一罐養樂多，撕開封膜，喝了一口。

「為什麼你這麼喜歡喝養樂多啊？」對他的沉默不以為意，她雙手托腮看著他繼續追問。他斜眼瞄了她吃完飯糰的包裝紙。「那妳為什麼那麼喜歡吃飯糰？」

每天經過都看到她在啃飯糰，吃不膩嗎？

沒想到會被反問，她一愣，隨即又是哈哈一笑。

「誰喜歡吃飯糰呀！我是為了省錢沒辦法嘛！」她臉上露出些許無奈。「沒抽到宿舍住外面一個月租金要八千，家裡給的生活費付租金後剩沒多少，所以才去打工啊！暑假過完還要付學費，我不想給家裡太多壓力，所以跟我爸媽說暑假這兩個月不用給我生活費。」

除了付房租，跟同學聚餐、參加系上活動也是開銷，打工賺錢之餘只能靠省吃儉用。

「倒是你，應該不缺錢，為什麼還要來打工？」她問。

「無聊沒事做。」他說的是實話。

錢心澄露出一臉豔羨。「真好，真羨慕。我也希望可以無聊沒事做，這樣我就可以回家。啊！好想吃我媽煮的飯……」好像看見了錢媽煮的大餐在眼前，她一臉饞樣。

「……可能我才羨慕妳吧。」他低聲地道。

「羨慕我什麼？」她疑惑的問。

手機這時響起，提醒她公車快來了。

「哎呀，車子要來了！下次再聊囉！」收拾完桌面，臨走前回頭再對他送來一笑。「謝謝你的小護士喔！」

看著她輕快離去的背影，他在心中回答她的問題。

羨慕她能毫無隱藏的表露心情，羨慕她有個家。

他在便利商店內待了一段時間，離開時路上行人已少了許多。

走到公園附近轉進小巷，兩邊均是舊公寓的巷弄裡有一圈院內種滿綠樹的矮牆，低調隱晦地將一棟兩層樓的透天別墅遮掩住。

開門入內，黑暗中他輕悄悄地進到客廳，不發出任何聲響地走到房間開燈，闔上門時壓縮成束的光線投射到客廳牆上的一張全家福合照。

照片中一男一女伴在一個小男生身旁，臉上滿是溫暖的笑。

只是那個小男生不是戚瑋。

他關上了房門，客廳又陷回一片黑暗。

❀

隔天上班見到戚瑋，錢心澄笑著亮了自己的前臂給他看，燙傷的地方只剩淡淡的粉紅色痕跡。

「謝謝你的小護士喔！很有效！」她對他眨了眨眼。

她直率的笑臉映入戚瑋眼簾，好似散發著耀眼的亮光，將他內心深處那個深不見底的黑洞照亮幾許。

「別再受傷了。」說完他轉過身背對她，繼續吧檯的營業前準備。

看著他的背影，錢心澄臉上是抹甜笑，對他先前冷冰冰的句點王印象已經翻盤。

忙碌了一晚，九點一到，戚瑋又準時離開。下班後錢心澄照舊走到便利商店準備打發自己的晚餐，卻看見他站在便利商店門口。

「欸，你在這幹嘛呀？」錢心澄走到他身邊問。

戚瑋瞄了眼她。「跟我來。」說完即跨步往前。

「欸，要去哪裡呀！」

她急忙追上，跟著他走過兩個街口，他轉身走進一家牛肉麵店。

「欸，戚瑋！」錢心澄上前拉住他。「我、我沒有想吃牛肉麵……」

在這號稱天龍國中的天龍國地盤，一碗牛肉麵價格還比她打工的時薪高，她吃一碗可能要心痛兩天。

「我想吃，陪我吃。」他簡潔地說，轉頭走進店裡叫了兩碗牛肉麵，還切了幾樣小菜。

很久沒吃正餐的錢心澄看著眼前香味撲鼻的牛肉麵飢腸轆轆，受不了誘惑的她決定先吃再說，就算眼前這餐會讓她今天等於做白工她也豁出去了。

濃郁的大骨湯與蔬果熬製的清甜一入口便在嘴中散開，半筋半肉的牛肉鮮嫩柔軟卻仍帶咬勁，美味得讓錢心澄瞪大了雙眼。

「這家牛肉麵也太好吃了吧！」

才吃了一半，手機鬧鈴準時響起，她直接關掉，繼續低頭吃麵。管他什麼公車，先吃再說。

這間麵店戚瑋自己來過幾次，味道是還不錯，但他也吃不出有什麼特別的，而現在看到錢心澄大快朵頤的樣子，這牛肉麵好像也多了另一種他說不上的滋味。

「真的好好吃喔！謝謝你帶我來這麼好吃的店欸！」將牛肉麵完食的她一臉滿足，從包包拿出錢包。「我的份我先給你……」

「已經結帳了。」

「不行，怎麼可以白吃白喝。」她掏出三張紅花花的鈔票遞給他。

「是我要妳陪我吃，怎麼會是白吃白喝。」他側身貼在牆壁上，避開她的手。

「這樣聽起來，好像我是飯局妹欸。」

聽到這個譬喻，戚瑋一愣，然後低下頭，錢心澄發現他的雙肩在抖動。

「喂！你在偷笑啊！」她推了他的肩頭一下。

「哈哈哈！」

戚瑋忍不住大笑出聲，笑容點亮了他原本俊逸卻冰冷的五官，好看得讓錢心澄傻瞪。

這是他回台灣後第一次放聲大笑。突然意識到這一點，他收起笑聲，嘴角輕揚看著錢心澄。

「隔壁的排骨飯也不錯，明天可以去吃。這附近還很多好吃的。」

「你不回家吃飯的嗎？」記得他說過他住附近而已。

提到這話題，他原本被笑容點亮的臉黯淡了幾許。

「回去吃的話，我沒食慾，他們也沒食慾。」他低下眼，夾了剩餘的豆干小菜吃。

「你們家……怎麼了嗎？」她有點遲疑地問。「不想說也沒關係，我只是問問。」她緊忙補上一句，不想讓他覺得被追問隱私。

戚瑋將豆干清空，放下筷子擦了擦嘴。看著眼前的錢心澄，腦中思考著。

如果她想知道，從老闆娘那應該也能打聽到，那還不如由他自己說，至少他還能控制她聽到的會是什麼。

「繼母不歡迎我，如果想看她失控，最好的方法就是跟她提到我的存在。」他若無其事地道。

繼母對他來說也無關緊要，眼不見為淨恰巧對雙方來說是最好的相處模式。

「你爸爸呢？他沒說什麼？」她的小臉略顯驚訝。

「我跟他沒什麼感情，高中才住在一起，但他有時又想扮演自以為是的父親角色。像幾個月前奶奶過世，那時我在準備考試沒空回來，所以這暑假他叫我回來祭拜奶奶，又要我待到暑假結束再回去。」他聳了聳肩不以為意。

要他多留在台灣一陣子的戚尹默或許想修補與他的關係，卻又奈何不了繼母，他也不知道戚尹默這樣做究竟有何意義。

錢心澄恍然大悟。難怪之前問他為什麼要來打工，他都說是因為無聊，原來無聊兩個字的背後原因是這樣。

「你奶奶過世……那你還好嗎？」她關心地問。

但出乎她意料，戚瑋仍是一臉無動於衷。

「她對我是不錯，但僅僅是因為我成績好，又是名義上的長孫。」一面無表情的他像在講述他人的事，滿臉雲淡風輕。

大概知道再接下來她要問往哪個方向，不給她開啟問題的機會，戚瑋起身。

「不早了，妳該搭車回去了吧！」

被他一提醒，她才發現時間不早，的確該回去了。

「既然你不回家吃飯，我也需要在外面吃飯，那我們剛好可以當彼此的飯局妹。」走往站牌的路上，錢心澄突發奇想地說，眼睛滴溜溜地轉了一圈後落到他身上，嘴角掛著不懷好意的笑。「你是男的，那你是飯局弟。」

戚瑋一愣，隨即笑開，原本就好看的臉部線條更添爽朗。「都可以，隨便妳怎麼說。」

「你笑起來滿好看的，」錢心澄率直地稱讚。「你應該要多笑點，別老是臭著臉。」語畢也回給他一個甜笑。

不知為何，戚瑋覺得一股暖意從體內深處湧出，可能是熱騰騰的牛肉麵暖了他的腹腔，而錢心澄亮麗的笑臉暖了他的胸腔。

送她上車後獨自走在回家路上，他發現自己的唇角揚著一抹上揚的弧度。

三、彼此的傾慕

檢疫期間，戚瑋若有空閒便會問錢心澄想吃什麼，而且東西送來就走不囉唆，簡直成了她專屬的私人外送員。雖然兩人Line的內容就是點菜送餐，忙碌的他鮮少跟她多聊，但看到他的訊息傳來也成了錢心澄在檢疫期間最期待的事。

一眨眼，檢疫來到最後一天。

「錢小姐，恭喜妳今天是最後一天，過了今天晚上的十一點五十九分妳就可以出門了。」里幹事像報喜的鵲鳥般傳來好消息。

耶！太棒了！已經快悶壞的錢心澄做了個無聲的勝利握拳，決定一過午夜就要去樓下的便利商店放風。

掛掉電話，看著手機，不知道今天戚瑋會不會有空呢？但已經是最後一天了，還是不要麻煩他了吧？出關後是不是該請他吃個飯謝謝他呢？她在心裡想著，但思緒很快就轉回到工作上。

打開Line回覆工作訊息，她的眼角視線不自覺帶到戚瑋的頭像，處理完公事一轉眼已經晚上，戚瑋的訊息欄仍是一點動靜都沒有，看來她的私人外送員今天沒有上工。

雖然心裡早已決定最後一天不麻煩他了，可是當他真的沒有來訊詢問時她卻又覺得有點失落。可能是因為這表示她又只能選擇附近早已吃膩的店家吧！

算了，最後一天了，明天出關就可以大吃大喝，今天再忍耐一下隨便吃一吃就好。

打開外送ＡＰＰ滑著店家，但莫名鬱悶的心情卻讓她沒什麼食慾，她把手機丟到一旁成大字型躺在床上。就在這時，手機「叮」一聲響了。她起身抓回手機一看，臉上漾出了自己都沒注意到的笑。

「今天比較忙。」戚瑋傳來的訊息寫著。

「沒關係，我隨便吃吃就好。常常麻煩你也不好意思。」她發了個笑臉表情，早已忘記剛剛還在因為不知道要吃什麼而鬱悶。

「今天最後一天了吧？」

「對呀！午夜後就可以出門了，但半夜應該只去便利商店晃一下。」

他已讀了一會兒才回覆。

「可以帶妳出去晃晃。」

沒料到他會有此提議，錢心澄雙眼頓時瞪大，心中開始天人交戰。跟他好久沒聯絡了，突然單獨一起出門好嗎？但另一方面她關在家裡十四天也真的悶壞了，出去晃晃這個提議實在是太吸引人了！

「太晚了，這樣你下班太累了。」做不出決定，錢心澄回了個模稜兩可的答案。

「明天禮拜六不用上班。」他回道：「那晚點見。」

看著「晚點見」三個字，錢心澄忍不住小聲地驚呼了一聲。馬上坐到梳妝台前的她，早把先前不知道晚餐要吃什麼的鬱悶拋到九霄雲外了。

23:59

錢心澄一動也不動地盯著手機，大概五分鐘前她就維持著這樣的姿勢，奔向自由的時間越接近似乎就過得越緩慢。

五、四、三、二、一——

00:00

「耶！我自由了！」她忍不住高興地大呼。

就在同時，手機響起。

「我在樓下了。」戚瑋傳來訊息。

「好，我馬上下去！」

今晚天空清朗，但冬夜氣溫仍偏低，她穿了駝色長版毛衣搭皮外套，刷色牛仔褲下一雙白色運動鞋，捲髮垂肩淡妝微抹年輕亮麗。

她出現在戚瑋車旁，彎腰敲了敲車窗，對著車內的他一笑。

那輕輕的一笑卻像滴落湖面的水珠，在他心中泛起陣陣漣漪。

「你剛下班嗎？」見他還穿著襯衫，上車後她問。

「嗯。」他問：「有想去哪嗎？」

她偏頭想了想，想吃的餐廳也已打烊，逛街也沒處去，一時間不知道要去哪。

「不然你決定吧！你開車方便的地方就好。」

他沉吟了半晌，說出一個自己算是地頭蛇的地盤。「那擎天岡如何？」

錢心澄朗聲說好，關了十四天的她現在只要有地方去都好。

驅車往擎天岡的路上，兩人有一搭沒一搭地聊著，多半是錢心澄發問戚瑋回答，內容繞著各自的工作和近況轉，過去的事兩人隻字未提。

到了擎天岡停車場，雖夜已深但適逢週五晚上，看夜景或觀星的人不少。萬里無雲空氣冷冽，山巒交疊處閃閃發光的夜景清晰璀璨。

「哇，好漂亮。」下了車的錢心澄拉緊皮衣外套，看著眼前的美景讚嘆。

戚瑋似乎見慣，他抬頭看了看天空，清澈明朗的天幕有幾許星光點點。

「要看星星嗎？」

「好啊！這邊看得到嗎？」她也抬起頭看，但眼睛尚未習慣黑暗，乍看頂上只是一片黑。

「走這邊。」

戚瑋領她繞出停車場，走進一條隱密的小徑，遠離人群後只聽見四周細微的蟲鳴聲，漆黑中隱約看見前方有個小山坡。

「要走上去。」他對她伸出手。

「這個山坡沒有很高，我應該沒問題。」

她婉拒，跨出步伐一腳踏上山坡，腳下卻感覺一陣軟陷，馬上重心不穩踩了個滑。

「哎呀！」還好她立刻穩住身子不致跌跤，也還好天色夠暗，戚瑋看不到她臉上尷尬的神情。

「擎天岡這邊有放養的牛，牛糞也很多。」見怪不怪的他淡定地解說。「牽著吧，安全一點。」

都已經出糗了，她也無法再拒絕。將手搭上他的掌心，溫熱的體溫透過掌心傳來，暖和了她冰冷的手。

她手掌的冰冷讓他眉頭微蹙，一把握得更緊。

摸黑上了山坡，眼睛已經慢慢習慣黑暗的錢心澄抬頭一看，北斗七星清晰明亮地掛在頭頂閃閃發亮。

「哇！好清楚喔！」再仔細一看，天帷星斗遍布，一閃一閃地像對她眨眼。「那個是北斗七星吧！哇！好美喔！好多星星。」

看著星空的她驚嘆得闔不攏嘴，過了好一會兒她才想到兩個人還牽著手。

「呃，那個，到這邊應該就可以了。」她動了動被他握著的手示意。「謝謝你。」

戚瑋鬆開了手，指頭卻像是不捨般地握緊成拳，想將她的溫度留在掌心。

「如果會冷，車上還有外套。」

「不用了，我不冷，我的手只是慣性冰冷而已。」她笑著說，雙手合攏到嘴前呼了口氣，手心還殘留著他的餘溫。

「你會看星座嗎？」看著滿天星斗，只認得出北斗七星的她問。

擎天罔對他來說就像後花園，找幾個基本星座出來還不難。

「如果簡單地看，北斗七星就是大熊座的一部分，從斗勺頂端那顆星直線連出去最亮的那顆就是北極星，把那幾顆星連起來是小斗勺，也就是小熊座。」

錢心澄順著他比劃的手勢看，也看出了眉目。

「有耶！像是兩個平行的斗勺，只是頭尾相反。」認出人生第一個星座，她滿臉興奮。「古人憑那幾顆星星可以想像出星座也太厲害，大熊座跟小熊座要是不發揮一下想像力根本看不出來是熊。」

「嗯，其實我也看不出哪裡像熊。」戚瑋點頭贊同她的話。

他剛剛說的那些也只是照看過的書照本宣科，自己倒沒浪漫到描繪星象的樣貌。

「哈哈哈，那我們來發揮一下想像力，想像一下大熊跟小熊長怎樣好不好？」盯著大熊座跟小熊座的她首先發表感想。「如果斗勺是頭，感覺大熊跟小熊是抱成一團在玩，和樂融融的樣子。」

「那你呢？你覺得牠們看起來在做什麼？」她轉頭看他，期待著他的答案。

他也抬頭看著大熊座和小熊座，試著發揮自己的想像力。

「……像是小熊追在大熊後面跑。」

「喔？那追得到嗎？」沒想到他的看法跟她完全不同，錢心澄好奇地問。

他再看了一下，然後淡淡地說：「可能追不到吧，大熊的頭看著前面，應該完全不在意小熊。」

「是嗎……」錢心澄抬頭看著星座，試著在腦海描繪出戚瑋的描述。「那小熊不是很可憐嗎？如果媽媽都不理牠的話……」想像圓滾滾的小熊拚命追著前面頭也不回的大熊媽媽，她突然升起一股莫名的不捨。

戚瑋沒答話，拿出手機點開觀星ＡＰＰ後遞給錢心澄。

「用這個對照天空看的話，可以看到更多星座。」

「哇！」錢心澄雙眼發亮接過他的手機，將螢幕對著天幕，更多華麗璀璨的星座一一顯示而出。

「好棒喔！原來那顆是天狼星！還有獵戶座欸！」

像拿到新玩具的小孩般，她語氣滿是興奮，手機螢幕的亮光照亮她單純喜悅的笑臉。滿天星斗之下，錢心澄笑眯了眼的開心，點亮了那些褪了色的回憶，戚瑋定定地看著眼前的畫面捨不得眨眼。

雖然兩人斷聯多時，可這些年來每當夜深寂靜之時，她的身影總會無聲地出現翻攪他的腦海讓他夜不成眠，他以為是因為自己心有愧疚才無法放下。

他也知道這兩個禮拜來是過於關照她，明明忙得不可開交還當起外送員給她送餐，一開始他認為自己只是想彌補當初的虧欠，但現在望著她率真的笑容，猶如和煦的日光照射進他蕭索多時荒蕪一片的心房，再次重溫曾經熟悉的溫暖，他才明瞭自己是如此思念她。凝視著她的黑眸不自覺放柔，唇角微微勾起一抹輕揚。

仰頭看著天幕好一陣子，覺得後頸發痠，錢心澄往後一蹲打算席地而坐。看出她意圖的戚瑋正想出聲，她卻已經坐下。

手機螢幕的亮光照在她笑容凝結的臉上。

她像木頭人般定格，視線上飄與戚瑋相視。

「……這邊很多牛糞。」他的提醒應該還來得及吧？

「我知道……」她僵硬的臉上滿是窘色。「我坐到了。」

戚瑋一愣，一手摀住嘴巴，身體不住地抖動起來。

「喂！你在偷笑!?」錢心澄又尷尬又難為情地大喊。

「哈哈哈，抱歉。」他拉她起身，打開手機的手電筒幫她確認受災情況。「褲子沾到，毛衣下面也有一點。」

錢心澄轉頭看著自己後面慘烈的災情，惱得眉頭緊皺。「可惡，這下怎辦。」

「……我在附近有個住的地方，應該有衣服可以讓妳先換。」他說。

「可是……」褲子沾到牛糞，她再怎麼厚臉皮，也不能穿著這樣的褲子上他的車吧！

突然靈光一閃，她正想脫下皮外套綁在腰際，戚瑋出聲阻止她。

「我車上有外套，用那件就好。」天氣冷，若是脫了外套著涼怎辦。

「那怎麼可以……」她連忙婉拒。沾到牛糞還搭人家的車已經夠難堪，怎還好意思拿他的外套墊椅子。

「先回去吧！」他伸出手。「牽著吧，不要再踩到了。」

又是踩到又是坐到，可惡的牛糞讓她出盡糗，只能乖乖地搭上他厚實的手掌。

走回停車場的路上，他寬厚的背影在前引路，溫暖的熱度從掌心傳遞而來。暖意從兩掌間延伸至胸窩，一股似曾相識的安心感在心頭油然而起，眼前他的背影和那個炙熱的午後同樣牽著她的背影模糊地交疊在一起，讓她不禁瞇起眼想看清。

「到了。」走到車前，他道。

低沉的嗓音喚回她的思緒，回憶中的那個身影瞬時消失不見，錢心澄霎時回到現實。

他從後座拿了外套鋪在副駕座椅上，示意她上車。

「真的很謝謝你，不好意思。」她再道謝了一番。

車子駛出停車場，往威瑋說的住處去。看著他開車的側面，劍眉炯炯、星眸深邃，她想起從前兩人一起搭公車時，她忍不住盯著的側面也是如此。

像是憶起什麼，她收回目光直視著前方黑漆漆的山路。

以前是以前，錢心澄，那都是以前了。她在心裡告訴自己。

❀

電動大門打開，車子駛進，一片漆黑的庭園裡錢心澄只能依稀辨認出前面有一幢三層樓的建築物。

威瑋領著她走進裡頭，打開燈，夢幻絢麗的水晶燈照亮氣派的歐式大廳，沙發旁的壁爐上掛著一幅歐洲仕女圖，仿若歐洲莊園影集中會看到的畫面在眼前出現，但褲子還沾著牛糞的錢心澄，實在無心欣賞眼前的一切。

威瑋從客廳後面的房間拿出換洗衣物給她。

「這些衣服妳試試，應該可以。」

跟她指明浴室的方向後，他走到客廳旁開放式的小廚房煮熱水。打開冰箱，不意外的空空如也，他搔了搔頭。

水煮開後換好衣服的錢心澄也出現了。戚瑋高她一顆頭，他的居家服穿在她身上顯得寬大，衣袖跟褲管打了幾摺像小孩偷穿大人的衣服。潔淨柔軟的衣服有股熟悉的味道，若隱若現地像拋下一條繩索探往她的腦海，勾出兩人緊密相擁的畫面。他陽剛的氣息從記憶中瀰漫而出，像附在衣服上包圍住她。

戚瑋正在她眼前關爐火倒水，沒料到會突然想起這些事，錢心澄身體一僵，臉蛋出現難為情的潮紅。

他遞來一杯熱水給她。「這邊什麼都沒有，抱歉。」

「有熱水就可以了，謝謝。」

怕他發現自己的不自在，錢心澄接過杯子後轉身面對客廳，邊啜飲邊欣賞客廳富麗的擺飾。剛剛進來時沒心情細看，現在仔細打量，屋內裝潢精美，象牙白大理石地板、璀璨水晶燈、歐式古董沙發一一展現此家主人雄厚的財力，但空氣中厚重的凝滯感彷若靜止已久。

「這邊很久沒住人了嗎？」她問。

「嗯。」他點了點頭，簡短地回覆。

「這是……你家嗎？」她不確定地問。

若要以家來說，這裡卻一點家的感覺也沒有。室內擺設雖高貴大氣，但氛圍卻莫名清冷。

「不算是。」他示意她一起坐到沙發上，兩人並肩而坐。「當初有客戶需要現金處理事情，這是他跟我周轉的抵押品，不過他現在也跑路了。」

「咦！」錢心澄瞪大眼。「那你借他的錢？」

「以房子的市值來說，我是沒賠反倒還賺。但目前也不需要變現，所以就留著沒處理。」他靠在沙發上掃視了客廳一圈。「妳不覺得這裝潢很老氣嗎？」

錢心澄噗哧一笑。「是有點，但我以為是你爸的喜好。」

他原本放在腿上的手一攤，滿臉不以為然。「他只是我事務所的客戶。」

「我租了房子在事務所附近，平時都住那，偶爾想看看夜景時才會過來。」他轉了話題。

「夜景？」她看向窗外一片黑壓壓的庭院，滿臉疑惑。

「跟我來。」

帶她爬上三樓，打開房門，繁華的台北市夜景在整片落地窗外熠熠閃爍。

「哇！」跟著他走到落地窗外的露台，錢心澄驚訝地瞪大眼。「你根本不用去擎天岡就有夜景可以看欸！」

「嗯，不過看星星還是去那比較適合，光害比較少。」

「但牛糞很多。」自己就是受害者，錢心澄嘟嘴。

她一提起，想到剛剛的畫面，戚瑋忍不住又輕笑出聲。跟她在一起時是如此輕鬆自然，她總能輕易地逗他發笑。

「你又偷笑！」她輕捶了他一拳。

她嘟嘴氣呼呼的模樣讓人覺得可愛，垂散在肩上的鬆軟捲髮更添了股嬌媚。他沉下嘴角的微笑，一對深邃的黑眸目不轉睛地望著她。

常在夜深人靜之時浮現的俏麗身影如今就在眼前，他想念她的一顰一笑、她的率真可愛。對上他漆黑如墨的眸，她彷彿看見細微的火光在他眼底跳動。

一陣風吹來，幾縷髮絲飛上她的臉龐，她想將頭髮撥下，戚瑋伸出手替她順下黑絲輕柔地勾在耳後。兩對眼眸相視，彼此相凝的視線好似凍結誰也離不開誰。

他的手輕撫上她的臉龐。當他再見到這張在心底深埋許久的臉蛋時，才發現自己對她如此思念，但終究是他傷了她，現在的他會有彌補的機會嗎？

戚瑋的一雙星眸注視著她，深邃難解的眸底似乎有著千言萬語。他仍是俊逸並如同以往細膩體貼，她曾經以為兩人可以無憂無慮的相伴左右，突然間心裡那道已結痂癒合的舊傷抽痛了一下，提醒她那曾被他狠狠插入利刃而破碎的心。

錢心澄對他淺淺一笑，將他細撫著自己臉龐的手輕輕拿下，轉身面對前方瑰麗的夜景。

「那個是１０１嗎？」她伸指比向那特別高聳醒目的建物。

「嗯，沒錯。」明瞭這是她的拒絕，心裡有些沉悶，他也轉身面對前方，不讓自己的情緒顯露。

凝視著夜景的錢心澄腦中思緒流轉著，雖然事過許久都已經放下不怨不恨，但不解的地方若能問清楚，或許兩人都可以更坦然地面對彼此。

「我想知道，當初是發生了什麼事？」她慢慢地開口。

他一愣，轉頭看向她。

對上他的眼，她毫不退縮。「去遊樂園之前我們都還很好，在遊樂園玩的那天也很開心……但後來是怎麼回事呢？」

聽到她直搗核心的問題，戚瑋感覺心臟一緊，腦中浮現了一幕幕的畫面。

那個炙熱的夏天、遊樂園、歡笑聲、她開心的笑臉……

❀

下班後一起吃飯已成戚瑋和錢心澄間的默契。獨自一人在異鄉又適逢暑假許多同學都回家，錢心澄雖已習慣自己吃飯，但習慣不等於喜歡，如今多了戚瑋作陪她也開心。

戚瑋的話依舊不多，多半是她說他聽，常常在錢心澄講到渾然忘我突然回神之際，發現戚瑋雙眸專注地凝望著她。她會突然雙頰一紅有些靦腆，他的唇角則會勾起一抹微笑。

他發現自己很享受看著她滔滔不絕、搖頭晃腦地描述事情的時候，尤其當她提到自己的故鄉高雄時，對於自小在台北長大幾乎沒離開過的他來說更是充滿吸引力。

「好悶熱喔！」盆地的夏夜仍是溽熱，吃完晚餐走去搭車的路上錢心澄喊著，雙手頻頻搧風也起不了任何作用。「台北好熱喔！」

「高雄不是更熱嗎？」習慣這種氣候的他一派氣定神閒，而且聽說高雄更熱，不懂她怎會哀哀叫。

「那是不一樣的熱。高雄的夏天只有白天熱，太陽下山後就很舒適，晚上出去運動超級舒服。」想到故鄉夏夜的清爽她忍不住甜笑，但一呼吸到溼悶的空氣臉又垮下。「台北即使到晚上了還是一直飆汗，好像蒸籠。」

「這樣的話，高雄人是不是都晚上才出門？」他問。

「嗯……別人我是不知道，但我的話，如果非必要是真的不會正中午出去啦！真的會熱死哈哈哈。」她爽朗地哈哈大笑。「而且我來台北後才發現，台北的診所午休只休一小時欸！我們家那邊的診所通常午休都到三點以後才開，我猜可能是因為中午真的太熱沒人想出門，所以醫生就順便睡午覺休息。」她興高采烈地分享自己的觀察。

「那麼有趣。」沒想到有這樣的差異，他嘴角也露出新奇的笑。

「有空來高雄啊！我可以帶你去玩喔！」她對他眨了眨眼。

「嗯，好。」他笑著點了點頭。

聽說高雄是一個熱情溫暖的城市，他從未去過不知道是真是假，但現在他覺得那話可能不假，因為錢心澄就像散發著亮光的太陽，照亮灰暗的他。

兩人相處融洽，工作更合作無間，空檔時也會閒聊幾句。老闆娘雖多半待在廚房，但對外場的情況仍瞭若指掌，比起初來時的陰鬱，如今戚瑋感覺開朗許多，老闆娘也樂見他的改變。

這天餐館外有個男子站了許久，黝黑魁梧的他像是在店門口站崗般，讓人想不注意都難。但直到接近打烊他仍是佇立在原地，只不時地探頭往店內看，對錢心澄投來微笑，詭異的行徑連負責吧檯的戚瑋都注意到。

「那個人是不是站在外面很久了？」邊擦拭杯子的他問。

「唉唷，他是我社團的阿強學長。」沒想到戚瑋發現了，錢心澄滿臉氣惱。「上禮拜參加社團聚餐，跟他聊到我在這邊打工，他就說找一天要來等我下班一起吃飯，沒想到真的跑來了。」

戚瑋一愣，手上擦拭杯子的速度慢了下來。「……那妳今天要跟他去吃飯？」

「我不想……」她看了一眼店外，剛好跟阿強對上眼，阿強投來一記燦爛卻讓她頭皮發麻的笑。「可是又不能得罪他，之後社團活動還有很多要一起合作。」她哭喪著一張臉。

戚瑋放下杯子，在錢心澄的注視下走到店外跟阿強說了幾句話。

只見阿強眼睛一瞪滿臉吃驚，轉頭看了看錢心澄再看了看戚瑋，肩膀一垂，喪氣地離開了。

錢心澄瞠目結舌地看著眼前這幕，急忙追問回到吧檯繼續工作的他。

「欸欸欸！你跟他說了什麼啊？」他可千萬別說了什麼五四三得罪人的話，要在社團繼續面對阿強的人是她欸！

「我說今天打烊後店裡要消毒清潔到十二點，叫他不用等了。」他一派輕鬆地道。

「真的嗎？」她不可置信地問。

「信不信隨妳，反正他是走了。」而且以後不會再來了。

裝作認真擦拭杯子的他唇角隱隱揚起一抹笑。

總覺得好像哪裡怪怪的，錢心澄挑起一邊細眉，面帶懷疑地看著他。

「你們在聊什麼？這麼開心。」老闆娘從廚房探身出來。

「戚瑋不知道跟我學長說了什麼，把人趕跑了。」見老闆娘出現，錢心澄立刻告狀，好像找到幫手可以一起對戚瑋施壓逼他吐出實話。

「呵呵，是嗎？」老闆娘笑呵呵地看了戚瑋一眼，但讓錢心澄失望的是她並沒跟她一起聯手對付戚瑋，而是拿出兩張票券到他們眼前。「這個是我以前的學生送我的，他在這遊樂園工作要請我去玩，但我都這個年紀了，想想還是讓你們年輕人去比較開心。」

錢心澄接過一看，眼睛頓時發亮。「哇，這間遊樂園門票不便宜耶！老闆娘要給我們，這樣好嗎？」

「你們就拿去吧！玩得開心點啊！東西收完就可以下班了。」老闆娘交代完轉身回到廚房。

錢心澄睜著一雙閃閃發亮的大眼看向戚瑋，把手上的票券亮給他看。「你看！六福村欸！」

「嗯？很好玩嗎？」沒去過的他不懂她為何滿臉興奮。

「我說你真是！六福村是我們南部小朋友畢業旅行的聖地欸！」她一副對牛彈琴的無奈模樣，隨即又恢復樂滋滋的樣子。「沒想到還有機會可以去，好高興喔！要找誰一起去呢……」

一雙大眼鬼靈精怪地轉了一圈後好像想到什麼點子，她故意睨起眼斜瞄著他。「你想去嗎？想去的話就跟我說你剛剛跟學長說了什麼。」

威脅他是嗎？那也沒關係。他無所謂地聳了聳肩。

「那個學長應該還沒走遠，不然我幫妳問問他想不想跟妳去遊樂園。」

「可惡！」見威脅一點用都沒有，她氣嘟著嘴瞪他一眼。

她氣噗噗的樣子可愛的讓他臉上揚起一抹笑。「那要什麼時候去？」

看來威脅真的是一點用都沒有，雖然有點不甘心，但她也只能牙癢癢地回答：「禮拜三店休，如果你有空就一起去。」

「好。」他爽快答應。「趕快把事情做完準備下班吧！等等去吃排骨飯好了。」他回頭繼續未完的收拾工作。

「哼，我一定會想辦法讓你老實招出究竟跟學長說了什麼。」不情願自己拿他沒輒，回到收銀台前她小聲地碎唸著。

戚瑋臉上的笑意更深了。跟她在一起總不自覺會笑開懷，看著她的眼神多了幾分他自己都沒察覺的溫柔。

❀

約好去六福村玩的當天，戚瑋如同往常，在其他人尚未起床之際就離開家門。

算算時間會比約定一起搭車的時刻提早到會合點，還可以幫錢心澄買個早餐，心想等等打電話問她想吃什麼。

走到公車站牌，想到待會車程兩個多小時，時值夏日車上空調可能偏冷。看看時間還早，他循原路走回家想拿件外套，要是錢心澄在車上覺得冷能派上用場。這時間戚尹默跟繼母應該起床了，但他快速地拿個東西就走人應該無所謂。

無聲地打開圍牆鐵門進到庭院，叨叨絮絮的講話聲從敞開四分之一弧度的大門傳出。

「戚小琮，趕快來穿鞋子，上學遲到的話媽媽要生氣了喔！」

「媽媽我還想吃那個巧克力圈圈！我要吃！」男童稚嫩的嗓音耍賴著。

「爸爸，你看小琮又在鬧脾氣，你也說一下小琮呀！」

「小琮啊，趕快去穿鞋子上學好不好？你要跟哥哥一樣用功讀書考試一百分，長大後跟爸爸一樣當醫生好不好？」戚尹默慈祥地說。

「學那個人幹嘛？」秦以麗的聲音滿是不以為然。「他媽媽為了錢連他都可以拋棄，那種人的小孩，說他人格會有多健全我可不相信。」

「說什麼東西！不要在小孩子面前說那些！別說了！」戚尹默厲聲喝止。

默然佇立在庭院的戚瑋回頭，輕輕地打開鐵門再輕輕地關上一聲不響，庭院綠草依然青翠如茵彷若沒人出現過。

❀

戚瑋買了錢心澄指定的火腿蛋吐司不加美乃滋配大杯奶茶，讓她吃得好滿足，搭車的路上也跟往常一樣是她講他聽，但不知為何，錢心澄覺得他似乎不太對勁。

「欸，你怎麼了？」一雙黑溜溜的大眼湊到他臉前直盯著他瞧。

漂亮的臉蛋突然出現在視線內，原本手枕著車窗發呆的他一驚，身子往後一退想拉開距離。

「你在發呆？嚇到你了吧！」難得看到他略顯驚慌的樣子，錢心澄嗤嗤地笑。「你怎麼了？感覺好像有心事？」見他一路上似乎若有所思，她問。

「沒事，可能太早起還有點想睡覺吧。」他淡淡地帶過。

雖然早上聽到的話語還在心裡發酵，但他只打算將那些東西加蓋掩埋，就如同一直以來，不會有任何人知道。

錢心澄目露懷疑地斜盯著他，擺明不相信他的說詞。

以為她聰明地發現自己隨意以藉口搪塞她，他正想還要說些什麼加強說服力，錢心澄哼哼兩聲一副「被我抓到了吧」的樣子開口。

「你是不是不敢玩雲霄飛車那類的遊樂設施，但又不敢說，所以在煩惱？」

戚瑋一愣。

「不敢玩就說又沒關係，我又不會笑你。」她拍了拍他的肩膀似乎要他別擔心。「那等等我陪你搭小火車，應該也有旋轉木馬可以玩，放心放心。」

她逗趣的模樣惹得他忍不住發噱，臉上綻出一笑，原本盤據在心頭的陰霾隨著這一笑消散許多。

「妳放心，妳想玩什麼我都奉陪到底。」

「那我就不客氣了喔，等一下直接從大怒神先開始喔！」

「沒問題。」

有了戚瑋的保證，錢心澄火力全開沒在客氣，一進遊樂園就從最刺激的設施開始玩起。緊張刺激的遊樂設施讓錢心澄玩得尖叫連連、樂不可支，等結束刺激清單上的最後一項海盜船後，她才覺得一路上好像少了些什麼。

「欸，你怎麼都不會叫啊？」狂尖叫到口渴，買了杯飲料的她咬著吸管問。

她這是什麼問題？戚瑋一臉不明就裡地看著她。

「除了坐大怒神要下去的一瞬間好像聽到你哼一聲之外，你坐其他遊樂設施怎麼都沒聲音啊！」來遊樂園哪個人不是叫得七葷八素，相較之下戚瑋實在是安靜過頭。

他吸了口飲料。其實他也是會緊張，但要像錢心澄那樣放聲大叫他實在做不到。

「不覺得可怕，當然就不會叫。」戚瑋聳聳肩一臉理所當然地說，但只有他知道自己從大怒神走下來時手心是溼的。

「那多不好玩。」她失望地嘟起嘴，她就想看看總是冷靜的戚瑋大叫起來會是什麼模樣。

「下一個要玩什麼？」

「那個大酒桶吧！」她帶他走到前面酒桶形狀的遊樂器材。「以前班上的男生很幼稚，都會故意把酒桶轉得很快，讓女生怕得哇哇叫。」

「有那麼可怕嗎？」在他看來，這就是類似咖啡杯的東西，兒童樂園內都有。

「等等你就知道了。」覺得他的問題充滿挑釁，好似在嘲笑她們膽小，錢心澄決定要親自證明給他看。

在酒桶內坐定，設施啟動，酒桶以畫圓旋轉方式移動起來，除了繞場的轉速加快，酒桶本身也在錢心澄奮力旋轉控制的圓盤下開始快速自轉起來。

邊轉著圓盤的她邊對戚瑋露出勝利笑容，好似在問他知道大酒桶的厲害了吧！

戚瑋輕鬆地靠著酒桶而坐，覺得呼嘯而過的風吹來滿涼快的，錢心澄賣力地轉著酒桶的模樣滿可愛的，這個大酒桶還滿好玩的。

結果戚瑋沒事，自轉過頭的錢心澄跨出酒桶的那一瞬間覺得天旋地轉，腳一軟站都站不穩。

戚瑋連忙扶住她，發現她臉色蒼白，趕緊帶她到陰涼處休息。

「妳暈車了。」他讓她坐下。

「喔……好暈喔……」她雙手抱頭面露痛苦，連眼前的地平線都在飄移，活脫像喝醉酒一樣。

「閉上眼睛休息一下吧，等等就好了。」他將她的頭按到自己的肩上。

對他的舉動一驚，但頭昏眼花的她現下也說不出話，乖乖地靠著他休息。

閉著眼睛，聞到屬於他的男性氣息，淡淡地溫柔地籠罩她，讓她感到安心。

在台北讀書這幾年來，為了不讓家人擔心，她將自己訓練得非常獨立。生病發燒自己搭車看醫生、腸胃炎自己煮粥吃、生理期來痛得像煮熟的蝦子捲曲在床上吃止痛藥，她知道在台北沒有人會摸她的額頭關心退燒沒，也沒有人會在經痛時準備紅豆湯給她，只有自己能照顧自己，她打電話回家只報喜不報憂。

認識戚瑋後，他雖不多話卻總默默地在她身邊照顧她，那罐小護士、還有知道她為了省錢吃便利商店所以找藉口請她吃飯，他不著痕跡的關心早已滲入她的心裡扎根。聊天時即使多半是她說他聽也不嫌棄她話多，她最喜歡認真聽她講話的他露出微笑的時候。

戚瑋啊戚瑋，你長這麼帥又這麼貼心，我會喜歡上你啊！錢心澄在心中吶喊著，靠近他腰際的手無意識地抓住他的衣角。

感覺衣角一緊，他低頭一看發現是她抓著。他將下巴輕靠在她頭上，清新的髮香撩起他內心的陣陣漣漪，想將她擁抱入懷的慾望在心裡吶喊著，但他克制住了衝動，只輕輕地以指尖撥開她額上的瀏海。

「好多了嗎？」見她的眉頭從原本的糾結轉為舒緩，他輕聲問。

有些留戀他厚實的肩膀，她依依不捨地抬頭，原本抓著衣角的手也已悄悄鬆手。

「嗯……好多了。」如果可以，真希望可以這樣一直靠著他。

恢復正常的錢心澄拉著戚瑋玩到最後一刻，直到近黃昏的閉園時刻才搭車回台北。

玩了一整天略感疲累，錢心澄忍不住打起瞌睡，一顆頭點著點著，好幾次都被自己失去控制急速下墜的頭驚醒。

「靠著我吧。」看到她打盹睡不好，他將自己的臂膀湊到她面前。

錢心澄瞇眼望著他的側臉，在黃昏餘暉的照耀下看起來好溫柔。

她依言靠到他的肩上，喜歡被他的男性氣息再次包圍，覺得自己找到了一處可以安心停靠的港灣。

她的髮絲傳來淡淡的香味，柔和的夕陽映照在她帶著一抹淺笑的臉上，看起來是那麼地單純美好，像施了魔法般讓他離不開視線。

錢心澄的手又不自覺地抓住他的衣角，輕輕地拉扯了他心中無聲的騷動，戚瑋低頭輕柔地在她額頭印上一吻。

像觸電般她睜開眼驚訝地望著他，對上他一雙炯亮堅定的星眸，她甜甜地笑了，揚起頭再次輕閉上眼。

戚瑋的唇落下，兩人心中對彼此的傾慕交融在炙熱的鼻息間。

四、我沒有答應過妳什麼

「後來是怎麼回事呢？」

一陣風吹來，髮絲飄散在她臉龐，錢心澄清澈明亮的眼眸凝望著戚瑋。

即使到現在人情世故已參透許多，她仍是不明白為何那天他明明吻了她，後來他的態度卻是一百八十度大翻盤。

話到喉頭卻又梗住，戚瑋凝視著她半晌才擠出一句話。

「這邊風大，先進去吧。」

他轉身欲走，錢心澄卻仍停在原地不動，覺得他是在轉移話題。

一陣風又吹來，即使她執拗，身體卻忍不住打了個哆嗦。

「先進去吧。」他看著她，眼神不再閃躲。「喝杯熱茶慢慢聊。」

❀

走路回家的路上，在遊樂園玩了一天有些疲累，但戚瑋腦海中盡是今天她的一顰一笑，當腦海畫面定格在兩人在公車上親吻的一幕，他的嘴角也輕盈地上勾。

口袋的手機「叮」一聲傳來通知，拿出一看，傳訊息來的正是放暑假回香港後就消聲匿跡的李凱傑。

「嘿兄弟，最近如何？給你看看這個辣妹。」

李凱傑傳了一張他跟美豔動人的女子親密貼臉合照的相片，下面又再連續傳了幾張女子穿著比基尼露出姣好身材的獨照。

戚瑋眉頭一蹙，臉上的笑轉為無奈。

「你是特地來跟我炫耀？」他回道。

「我怕你真的出家當和尚，偶爾要給你一點刺激。這妹不錯吧！無線電視台剛簽的新人，花了我一點時間追到手。」李凱傑的字句間透露出獵人狩獵成功的興奮。

「女朋友？」

「別傻了，怎會是女朋友。」他配上一個歪嘴笑的圖。

雖然知道李凱傑是個吊兒郎當、採花汲蜜當有趣的公子哥，但戚瑋仍忍不住想回嘴。

「為什麼不可能？」

想到錢心澄，他還想繼續說些什麼，李凱傑的訊息已經劈里啪啦地傳來。

「拜託老兄，下個月要開學回美國了，你以為在拍電影搞什麼遠距離戀愛啊？就算你真的像和尚一樣有定力好了，人家也不一定忍得住。玩玩可以，放真感情就算了。」

一段話讓戚瑋本想打字的指頭瞬間凍結。見他沒回應，李凱傑又繼續傳來訊息。

「不過我看你跟和尚沒兩樣，如果有機會體驗一下被拋棄的感覺也是可以啦！」

戚瑋渾身一僵，李凱傑閒扯淡的字句卻像墜落海面的隕石，激起海溝最深處的海嘯吞沒了他。

他按掉手機放回口袋，臉上的笑已消失不見。

在路燈的照耀下他回到漆黑一片的住家。這樣剛好，此刻他只想將自己隱身在黑暗中整理紊亂的情緒。

打開客廳大門，角落的廚房亮著微光，下樓倒水喝的秦以麗正好撞見剛回來的他。

她眉頭微擰不發一語，關掉廚房燈後逕自上樓，客廳又恢復一片黑暗，秦以麗那句話卻像閃電般在他腦海裡掠過。

「他媽媽為了錢連他都可以拋棄。」

回到房間坐在床沿，他一直努力封藏住的心魔悄悄地從角落爬出，在黑暗中窺伺著他。他看見了以前那個想盡辦法討好媽媽的自己，以為只要媽媽開心他就可以繼續留在媽媽身邊，但到最後，她還是拋棄了他。對媽媽來說，他只是一個累贅。

他雙手捂面深呼吸了口，試著壓制那些痛苦的回憶。

錢心澄的笑臉在腦海深處浮現。跟她在一起他的確很開心，但這樣的開心能持續多久？他們終究會分隔兩地，時間與距離的差距會成為橫溝，她是否最終也會轉頭離去？若已經預見了必然的結果，那還要開啟這將會讓自己痛苦的開端嗎？他自問著。

擱在旁邊的手機震動起來，螢幕閃著微弱的亮光。他瞄了眼，是錢心澄來電。

他凝視著地板動也不動。末了，他切斷來電，將手機關機。

❀

怎麼沒接電話呢？

看著沒有回應的手機，錢心澄有些納悶地想著。

可能今天玩累了，睡著了吧！

躺到床上看著天花板，腦中快速地播放今天在遊樂園玩的回憶，兩人在公車上親吻的畫面突然定格放大再放大，嘴唇似乎還能感受到他的柔軟和溫度，錢心澄的臉抹上潮紅，轉身抱住棉被羞得一把埋住頭。

所以現在戚瑋是她的男朋友了嗎？她憨憨地想著，掛在嘴角的笑意更濃了。

男女朋友除了名義上不同外，其他的事應該都還是一樣吧？他們還是一樣在餐館打工，然後一起吃晚餐，開心地在一起，應該沒什麼改變吧？不過也有好多事情想跟他一起做，像是帶他去高雄玩啦，但千萬不能夏天去，應該秋天比較適合吧，不然真的太熱了……她在自言自語般的思緒中慢慢睡著。

一覺醒來，想到待會去餐館就可以見到他，整天心情都輕飄飄，化妝時睫毛膏也刷得比平常更仔細。

抵達餐館，戚瑋已在吧檯內準備，錢心澄開心地跳到他面前跟他打招呼。

「戚瑋！」她咧嘴對他甜笑。

戚瑋抬頭對上她的視線瞬間心中一緊，但他只點了下頭便繼續手邊的事。

怎麼他好像怪怪的。錢心澄疑惑地看著他，但接近營業時間，她也必須開始準備工作，只能先放下心中的疑問上工。

營業開始，饕客絡繹不絕，兩人忙得不可開交，但即使忙碌，錢心澄仍發現戚瑋好似刻意閃避她的視線，讓她更加不解他怎麼了。

好不容易接近打烊時間終於比較空閒，她走到他旁邊想跟他講話，卻敏感地發現似乎她一走近，他就故意拉開兩人的距離。

他實在太奇怪了。錢心澄原本掛在臉上的笑也僵硬了幾許。

「等等要吃什麼？」她問了平時接近打烊時會慣例問他的問題。

戚瑋繼續擦著手上的杯子，看也沒看她一眼。

「不吃了。」

「咦？」她愕然。「今天有事嗎？」

「之後都有事，不一起吃了。」他的嗓音冷冷淡淡的。

她一愣。「什麼意思？」

「就是字面上的意思。」他轉身將擦好的杯子放回杯架上。

望著他的背影，突如其來的冷漠讓她一時無法反應，神情滿是不解。

「小姐，請問還可以外帶嗎？」

客人的聲音喚回她的注意力，她連忙回到櫃台前。「可以呀，請問要吃什麼？」

背對她擺放杯子的戚瑋停下動作，擱在吧檯上收束成拳的指節隱隱泛白。

❀

「戚瑋！」

九點一到，戚瑋拿了東西準時走人，錢心澄急著收拾好自己的東西追在後頭喊住他。

聽見呼喚聲，他停下腳步頓了半晌才回頭，表情漠然。

「你怎麼了？」她臉上滿是關心。沒道理昨天還說說笑笑，今天突然如此生疏冷淡。

他的眼眸閃了一下，嗓音冰冷如霜。「有什麼事嗎？」

「你怎麼變得這麼冷淡？」錢心澄的眉頭不解地揪成一團，這個人真的是戚瑋嗎？

「不是一直都是這樣嗎？」他生冷的字字句句像圍起了一座碉堡將她阻隔在外。「沒別的事的話，我先走了。」語畢他轉身欲走。

「等一下！」她伸手拉住他，面對他的疏離她有些慌了。「昨天不是這樣的啊！我們昨天不是玩得很開心嗎？」

她靠著他的溫度似乎還殘留在肩頭，彷若還能聞到她的髮香，清晰地讓他的胸口一陣抽痛，臉上的寒霜幾乎崩解。

「所以呢？」他勉強用理智穩住聲線，所有的激動都藏在緊握的拳頭之下。

他那形狀好看的薄唇昨天才溫柔地吻著她，為什麼今天從唇縫吐出的一字一句卻冰冷地幾乎讓她凍傷？

鬆開原本拉著他的手，錢心澄愣愣地看著他，慢慢地開口：「所以對你來說，那些都不代表什麼？」

戚瑋凝視著她，他知道自己想抱住她，想牽她的手一起去吃她喜歡的那家牛肉麵，但理智告訴他不行，開心的回憶越多，結束的痛苦就越深。

「我沒有答應過妳什麼。」說得無情，但他的雙眼泛起一陣酸意。

戚瑋的話轟然敲碎她昨晚編織的美好幻想，像是一把利刃毫不留情地刺穿她的心臟。

錢心澄呆愣在地，顫抖的粉唇張了又闔不知道該說什麼，刺痛的心窩烘得眼眶發熱。

要說些什麼呢？他的態度已經表明一切，再多問什麼也無濟於事，只更顯得自己死纏爛打罷了。

「我知道了。」她細聲地道。

她的眼眶好沉，原本晶亮的大眼被淚水浸得通紅，但她咬緊唇瓣堅決不讓眼淚落下。

是不是路燈太亮，視線裡的戚瑋怎麼好像也紅著眼？一定是光線折射讓她看錯了。為什麼看起來好像欲言又止，他還想說什麼嗎？要寬慰她一切只是惡作劇，他倆還是可以手牽手一起去吃牛肉麵嗎？還是要再冷言幾句譏笑她的自作多情？但果然只是她的錯覺，戚瑋只是不發一語地轉身離去。

是不是下雨了呢？不然她臉頰怎麼會溼溼的？走遠的戚瑋又怎麼好像用手背從臉上抹去什麼呢？

一定是下雨了。

❀

錢心澄坐在沙發上，戚瑋遞來一杯裝滿熱水的杯子讓她暖暖身子。

「謝謝。」她接過啜了口，馬克杯的熱度溫暖了她冰冷的手。

戚瑋與她並肩而坐，雖然剛剛說會好好地跟她聊聊，但一時間卻不知道如何開口。

「所以，」見他無語，錢心澄起了個頭。「那時是怎麼回事呢？」

他轉頭看向她，細長的眸眨了下似乎在思考該如何說起，末了才慢慢開口。

「那時候暑假結束就要回美國……我沒信心。」他的嗓音乾澀，深知自己的自私，為了不讓自己受傷而先傷害她。

「那，你當時有喜歡我嗎？」彷彿這是她最想知道的問題，一雙明亮的大眼直視著他不讓他有迴避的空間。

對上她的眼眸，戚瑋點了點頭。

得到肯定的答案，她臉上揚起一抹淡笑，是如釋重負的笑。

「……我後來對自己很沒自信。」她低眸看著手中的馬克杯。「不敢接受別人的好意，如果感覺對方似乎對我有好感就忍不住想逃開，很怕又是自己自作多情。但現在得到答案讓我釋懷了一些，至少表示不是我自己想太多。」她抬眼對他一眨。「現在我可以對自己有點信心了，對吧？」

沒想到自己在她心中留下的傷痕那麼深，他握著馬克杯的手更緊了些。

「妳如果怨我是正常的。」他低著嗓音，好似說給自己聽。

錢心澄頭偏向一邊，一雙眼睛眨了眨好像想著什麼。

「如果說沒有，的確是騙人的。」瞄了他一眼，見他黑眸低垂神色黯淡，她淺淺一笑出言寬慰。「但你說的也沒錯，你回美國後距離遙遠，我們那時也都太年輕，未來的事誰都說不準。如果弄得不好，我們連現在這樣坐著聊天的機會都沒有。」

輕輕的幾句話紓解了他梗在心中多年的結，她的率直真誠一如溫暖的太陽和煦地撫暖他。

他瞇起黑眸凝望著她，淡妝微抹的她依舊清麗，捲髮垂肩讓她添了股成熟的嫵媚，一顰一笑更為勾人。

見他盯著自己不說話，以為他出神去了，錢心澄故意將臉湊上前衝著他甜美一笑。

「發呆呀！」

那一瞬間兩人近得能探到彼此的鼻息，她的髮絲散發淡淡香氣掃過他的嗅覺神經，雖只不過一秒她便退回原位保持原本的距離，卻已經激起他黑眸深處最細微的火光。

「……妳這樣很危險。」他將手上的馬克杯放到桌上。

「嚇到你了嗎？還好沒害你打破杯子。」她淘氣一笑，啜了口手上的杯子後像突然想到什麼。

「對了，我一直想問你怎麼會知道我回台灣在檢疫？」

上次香港見面後兩人就沒聯絡，他是從哪知道的呢？

「俞涵熙的Instagram有提到，剛好看到。」

「是這樣啊……」錢心澄點了點頭，覺得這回答合理，但腦內突然一陣電光火石，她轉而疑惑地看著他。「你不是沒有Instagram嗎？」記得那時他說沒有呀。

「……後來有辦一個。」他簡單地答道。

那天在尖沙嘴跟她分頭後他就辦了一個，他好奇許久不見的錢心澄過得如何，卻發現她的帳號設為不公開，儘管他送出追蹤要求卻沒有回應。

「那你怎不加我？」她拿出手機準備加他。

「我有送出邀請，但沒回應。」

「是嗎？」她滿臉不信，要是她有看到一定會回覆的呀。

她點開通知中的追蹤要求滑了滑，半晌才在一長串的名單中找到疑似是他的人。

「這個該不會就是你吧？」她點開一個個人頁面全部空白，沒有大頭照也沒有貼文，只有名稱寫著Wei的帳號。

他點了點頭。

錢心澄忍不住哈哈大笑。「那難怪我不回應啊！誰會知道這是誰啊！哈哈哈！」笑畢她認真地盯著他，一雙眼上下打量面貌俊朗的他。「如果你認真經營Instagram，很有潛力成為網紅，再讓我們公司包裝一下的話當明日之星絕對沒問題。」

戚瑋手托下巴反凝著她。「那妳也可以。」

圓潤甜美的臉蛋上一雙靈動會說話的大眼眨呀眨，配上開朗的笑容總讓他不自覺望出神。

「我要是有涵熙的一半漂亮，我就考慮一下。」以為戚瑋在開玩笑，她只打趣回應。

他看了看時間，已快半夜三點。

「差不多要送妳回去了。」加了整天班至今沒休息，他也有些疲倦了。

被他一提醒才驚覺已經這麼晚了。

「我去一下洗手間，再麻煩你送我回去。」

上完廁所洗手照鏡，發現自己下眼線微微暈開，她將面紙沾溼後小心擦拭，再拿出蜜粉輕拍了拍。既然都拿出蜜粉了，她乾脆再用吸油面紙按了按臉後拍粉補妝。

明明就要回家了，而且待會車上光線昏暗也沒人會注意到她是否臉泛油光，覺得自己補妝半天實在有點好笑。克制了再拿出唇膏的念頭，錢心澄總算離開廁所。

回到客廳，發現戚瑋雙手抱胸靠在沙發上睡著了。她緩步走到他身邊輕聲喚道：

「戚瑋。」

一動也不動的他沒有回應，只有胸膛起伏著，深而長的呼吸像在釋放他一天的疲憊。

看著他熟睡的臉龐，線條分明的輪廓在水晶燈灑落的光線下柔和了幾許，但他的眉頭卻仍微擰。

怎麼連睡覺都皺著眉呢？錢心澄伸出手輕柔地撫上他的眉間舒緩那褶紋，揉開了他兩眉間的糾結，俊雅的面容安穩恬謐，她的指尖輕滑過他的臉頰停在稜角分明的薄唇上。

倏地她回過神，發現自己居然看著戚瑋發愣，馬上收回手的她臉頰瞬地漲紅，像做了虛心事被發現一樣心跳加速起來。

還好他在睡覺，要是被發現的話多丟臉啊！

不忍叫醒熟睡的他，她走到客廳後方的臥室看了看，拿出床上的被子小心翼翼地替他蓋上。關掉客廳的燈，她窩到沙發的另一角滑手機，一片黑暗的客廳只剩她手機螢幕發出的光線，看著看著，連她也遁入了夢鄉……

等她幽幽轉醒睜開眼時，第一個映入眼簾的就是坐在沙發另一邊用著筆電的戚瑋。她先是一驚，隨即才想起一切，原來自己也在沙發上睡著了。

「早安……」想到自己臉上還帶著妝，經過一夜後應該慘不忍睹，她下意識地將身上的棉被上拉遮住半臉，然後發現這被子就是昨晚她替戚瑋蓋上的那件。

「早。」穿著休閒服的他看向她，仍睡眼惺忪的她拉著棉被縮在沙發一角看起來莫名可愛，他的嘴角輕鬆地上揚。「浴室有些梳洗用品，妳看看用不用得到。」

進到浴室，卸妝油、洗面乳、保養品、牙刷、牙膏在鏡架上一字排開，錢心澄驚訝地張大嘴，每罐產品都完好未拆，看來就像是特地為她準備的。

將自己整理一番後回到客廳，一盤吐司和一杯奶茶已經擺好放在餐桌上。

錢心澄雙眼瞪著早餐，再轉頭瞪著專注在筆電上的戚瑋，一時間不知該說什麼。

注意到她的視線，他抬起眼眸道：「應該冷掉了，快吃吧。」

她指著桌上的吐司和奶茶，語氣充滿不可置信。「都是你買的？還有浴室裡的那些東西？」

「早餐店旁邊剛好是藥妝店，順便而已。」他簡單地道，省略的是其實那個所謂的「旁邊」還要過兩個紅綠燈。

她坐到餐桌前，拿起吐司一咬，是火腿蛋不加美乃滋。她驚訝得連咀嚼都忘了，猶如慢動作般地轉頭望向他

「你還記得我吃火腿蛋不加美乃滋？」都好幾年前的事了他還記得？

他聳聳肩一派輕鬆。「我記性本來就很好。」

「也是……畢竟是高材生。」她被說服了。「真羨慕記性好的人，像我要是不立刻把事情記到手機裡肯定馬上忘記。」

「……有些事記著也沒意義，忘記倒好。」喃喃自語的他對上她寫滿疑惑的雙眸，不給她開口問的機會，他轉了話鋒。

「快吃吧。」低眸繼續手上的工作。

見他低首辦公，她也不好意思打擾他，雙手拿著吐司繼續享用早餐。

才咬了沒幾口就聽見手機響起，偏頭一看是小芬打來，多半跟公事有關。

「我可以開擴音嗎？」滿手吐司碎屑的她不想碰手機，禮貌性地問了戚瑋。

他點頭表示無妨，她接起電話開了擴音，繼續吃吐司。

「心澄姐，妳出關了吧！」小芬的聲音聽起來如獲救星般滿是期盼。

「是呀，怎麼了嗎？有什麼事要處理嗎？」假日還打電話給她，肯定沒好事。

沒想到一下就被看穿，小芬的聲音有些尷尬。「呃，就是那個美萊雅的張經理，他看了我們提出的網紅合作名單後說有些地方想跟妳討論一下。」

「那就排個空檔時間給他呀。」這種小事有需要假日打給她嗎？

「他說新產品快上市了不想拖太久，所以想跟妳約……明天……」

錢心澄眉一挑，明天是禮拜日，這不擺明了要加班嗎？張經理有這麼工作狂？但她居家檢疫了兩個禮拜的確一堆公事該處理，既然對方不介意假日談公事，那她也只好奉陪。

「那就跟他約明天在公司樓下的咖啡廳見吧，時間我都可以配合。」

「地點時間他訂好了……他訂在W飯店的酒吧，晚上七點……」小芬的語氣是越說越心虛。

別說是錢心澄了，這種時間跟地點連小芬聽起來都知道別有用意。

「小芬，妳該不會要跟我說妳已經替我答應了吧？」跟她共事那麼久，錢心澄連膝蓋都不用想就知道她的意思。

「心澄姐！沒辦法啊！妳也知道疫情影響，很多活動都辦不成，所以上面大老闆特別交代這件案子一定要做好啊！」被戳破的小芬改用甜膩膩的嗓音道：「大家都看得出來那個張經理對妳有意思，只要妳出面這個案子一定水到渠成辦到好！而且他看起來人還不錯，心澄姐妳就當多認識一個朋友嘛！」她努力地遊說。

挾業績出賣她，錢心澄簡直扶額無語，半晌才淡淡地回道：

「好，我去。」

「耶！就知道心澄姐人最好了！」小芬發出勝利的歡呼。

「明天六點半跟妳在W飯店門口見，妳如果沒出現我也不會出現。」她冷冷地加上一句。

「什麼？」小芬一驚，連忙說不。「我明天跟男朋友有約會啊！不行啊心澄姐！」

「大老闆很看重這件案子，能不能成都靠妳了，小、芬。」她特意加重最後兩個字。

「明天六點半見。」

語畢她切斷通話，直接開睡眠模式，不論小芬再打來幾通、傳來幾封訊息她不理就是不理。

哼。錢心澄冷笑。想出賣她談妥案子，她當然要抓個墊背的。

在沙發上埋首工作的戚瑋將整段對話全聽入了耳，但他注意到的重點只有一個，就是她有追求者。

其實他不意外，她嬌俏美麗又聰明，在交際場合的確讓人眼睛一亮。

他突然沒由來地感到煩躁，肯定是因為眼前密密麻麻的報表整理得亂七八糟讓人看了心煩，他乾脆闔上筆電眼不見為淨。望向餐桌，她已經吃完吐司正在喝奶茶。

見戚瑋停下工作盯著她，以為自己打擾了他。

「吵到你工作了嗎？抱歉。」

「剛好做到一個段落。」

「假日還要工作，真忙。」昨天已經加班到那麼晚，結果週六還要工作，他的工作量還真大。

「妳不也一樣？」他反問。

知道剛剛的對話他都聽到了，她面露無奈。

「沒辦法，既然是老闆特別交代的也不能拒絕。」她輕嘆了口氣後起身。「我差不多該回去了，不好意思一直打擾你。衣服我洗好後再還你，如果你沒空的話寄給你也可以，你方便就好。」

看他這麼忙，也不好意思一直打擾他。

「都好。」他簡短地答道，但心想他怎會沒空。

送她到家，進大樓前她再回頭笑著跟他揮了揮手，甜美的笑容讓他不自覺心情愉悅。可想到明晚她要赴那醉翁之意不在酒的約，她可能又打扮得如同派對那樣美麗誘人，心頭又湧起一陣莫名的悶氣。

真是莫名其妙，他不爽個什麼勁。轉了方向盤將車開出車道，半晌他才想出一個合理的解釋說服自己。

一定是因為那份亂七八糟的報表！

五、不重要的事不會記得

回工作崗位第一個禮拜，錢心澄忙得分身乏術，開會像接力賽般馬不停蹄。開完會還要面對桌上像山一樣的公文、追案子進度、注意客戶動態、整理分析報告，做不完的事讓她成了辦公室的關燈小妹，幾乎每天都最後一個下班，但越是忙得不可開交時就越會屋漏偏逢連夜雨。

大老闆最重視的知名美妝品牌美萊雅新品上市活動，從網路行銷規劃到記者會安排一切都進行順利，配合寫試用心得宣傳的美妝網紅也都簽妥合約。其中，美萊雅欽點合作擁有百萬訂閱的美妝教主潔西，可說是這次活動的主力。

美萊雅期待自帶百萬流量的潔西能在網路成功帶起新品的話題，但潔西卻在交稿前幾天聲稱身體微恙後便人間蒸發。小芬盡責追稿後拿到的稿件品質也不如預期，即使美萊雅的品牌代表張哲軒是個好說話的人也無法放水讓她過。

眼看截稿日漸漸逼近，小芬一點斬獲都沒有，身為專案負責人的錢心澄只好攬起責任，同時也著手安排備案因應其他可能的狀況。

雖然張哲軒不是個難搞的客戶，但若這次的活動迴響不如預期，勢必會影響之後美萊雅跟他們合作的意願。如果大老闆追責下來，身為負責人的錢心澄難辭其咎。

案子的成敗與時間壓力已經讓她的神經緊繃到不能再緊，偏偏姨媽又這時候找上門，腰痠腹痛的她只能吞下止痛藥，腰後夾個熱水袋，慘白著一張臉繼續工作。

桌上電話響了，錢心澄接起，希望是消失的潔西來電。

「錢主任嗎？是我。想請問一下目前進度到哪了？潔西交稿了嗎？」另一端傳來張哲軒溫和的聲音。

「張經理，不好意思，潔西還沒回應，不過上次跟您說的備案已經準備好了。另一位有七十萬訂閱數的妮妮美妝已經交稿，內容都很完善，等等寄給您過目。」雖然身體不適，她仍是有條不紊地回報目前進度。

「妮妮美妝是也不錯，但潔西比較有媒體的關注度。」張哲軒客觀分析。

「是，您說的沒錯。我這邊也有持續聯絡潔西，但助理回報她前陣子身體出了狀況，好像工作都停擺。今天我還是會繼續跟她聯絡，希望能趕上截稿。」

「如果潔西真的趕不上也沒關係，我能理解，有備案可以解決就好。」張哲軒寬厚地道：「麻煩妳了，那我不打擾妳了。」

掛上電話，錢心澄不得不承認張哲軒人實在好到讓她感動，但客戶寬容不代表她就能取巧找藉口。客戶越是好配合，她就越想將案子做到盡善盡美才對得起客戶的信任。

「心澄姐，妳還好嗎？」送來文件，小芬關心地問。「妳臉上的表情怎麼有點複雜？」

她的臉上看起來有點愁雲慘霧又有點陽光普照，小芬實在看不懂她到底是心情好還是不好。

「那個潔西還是一直沒回訊息。」錢心澄無奈地對小芬亮出通訊軟體內一排潔西未讀未回的訊息。「但張經理人真的太好了，完全沒怪罪我還安慰我，要是每個客戶都這麼好相處就好了。」

「是吧，我就說張經理人不錯，可以認識一下，結果妳還拖我去跟他見面。」想到上禮拜日跟男朋友的約會泡湯，小芬噘嘴表示抗議。

錢心澄的美眸瞥向小芬，上鉤的眼線讓她看起來視線銳利。

哪壺不開提哪壺，她可沒忘記小芬想出賣她的事。

沒發現異樣的小芬繼續說道：「心澄姐妳也別總是忙著工作，有機會多認識些男生嘛！妳那麼漂亮工作能力又強，一直單身好可惜耶！還是……」她突然面色認真地看著錢心澄。「心澄姐妳是不是在感情受過很嚴重的傷，所以才沒辦法再談戀愛？」

「妳很閒嗎？很閒的話我這邊還有案子……」錢心澄往一旁的文件堆伸手，作勢要拿給她。

小芬臉色一變，放下手中的文件夾，立刻為了生存展開逃脫之術。「心澄姐，我突然想到要聯絡客戶，先去忙了！」

錢心澄撇撇嘴角。看來她的恐嚇有用，成功嚇退了小芬，但小芬說的話已勾起了思緒的漣漪。

受過很嚴重的傷嗎？應該也不算是。

她甚至也不知道如何定義當初她跟戚瑋那段開始得青澀、結束得戛然的關係，但不明就裡被斷然推開的痛仍是在她心底印下烙痕。因為害怕一樣的事情再次上演，這些年來她總是不自覺逃避那些對她釋出好感的人。

可是既然上禮拜跟戚瑋已經談開揪在心頭多年的結，她是不是也該邁步向前了呢？

她瞄了眼放在一旁的手機。好幾天沒跟戚瑋聯絡了，他也在忙吧？

腹部又一陣悶痛拉回她的思緒，看到案頭成堆的文件頓時回到現實。

還是先把工作做好再說，畢竟眼下美萊雅的案子還沒搞定，而今天就是要把文案發給對外單位的死線。

錢心澄勉強打起精神，繼續處理公事。

正專注在手邊事，電話再次響起。她瞥眼一看，是俞涵熙。

偏偏在正忙的時候打來，但又不能不接。錢心澄嘆了口氣。

「涵熙，怎麼了嗎？」接起手機，她換上輕盈有活力的口氣。

「心澄……」另一端的俞涵熙聲音帶著濃濃鼻音。「妳在忙嗎？會不會打擾妳了？」

錢心澄用肩膀夾著手機，一手用滑鼠點開美編剛編排好的文案，另一手拿來原稿準備核對。

「不會呀，怎會打擾呢！怎麼了嗎？」她嗓音溫暖地回答。

「心澄……」俞涵熙突然嚎啕大哭。「心澄，我的Instagram貼文讚數最近都比章芸寧少，我是不是要過氣了？我就知道我的通告被她拿走後會這樣！」

「我看看。」錢心澄在電腦上點開兩人的Instagram貼文比對，發現俞涵熙說的讚數比她多也不過一篇而已。

「涵熙，她只有一篇貼文讚數比妳多呀！而且那還是因為她跟流浪之家合作，多數人是衝著浪浪按讚的。」她溫言安慰。

「真的嗎？」她憋著哭音聽來頗為可憐。

「當然是真的，不要想太多啦！」肚子又像挨了一記悶拳似地作痛，錢心澄眉頭一緊，但聲音仍保持輕快。

「我最近都睡不好，凱傑又不讓我買草……他說最近查得很緊。」

「他也是為妳好，妳別想太多。前陣子不是有去爬山嗎？最近還有要去哪裡走走嗎？」她試著讓俞涵熙轉移注意力。

桌面郵件通知潔西來信，錢心澄趕緊點開一看。

潔西在信內表示自己目前住院無法工作，她之前交的那篇稿全權交給錢心澄修改，酬勞不拿以示歉意並再次道歉。錢心澄感覺到了她的誠意，但也感覺到肩上的工作重量又更沉了。

雖然張哲軒表示妮妮美妝也可行，但她知道他更期待潔西的背書，看來只能她盡力修稿來達成張哲軒的希望了。

「凱傑說這幾天可以去大嶼山兜風，那邊有私人海灘很美，他說可以包下來弄個燭光晚餐。」想到出遊計畫，俞涵熙的聲音多了點興奮。

「那很好啊，聽起來好幸福。」儘管還有許多工作等著她處理，錢心澄仍是耐著性子陪她。

這樣的對話大約持續了近兩小時，哄得俞涵熙開心地掛掉電話後已到了下班時間，辦公室人頭已少了一半，而她的工作進度卻遠遠落後。

認命地埋頭加班，不知不覺同事一個一個離開，漸漸地只剩下她的位子還亮著燈。好不容易處理了一個段落，她往椅背一靠，腰仍發痠，後方的熱水袋早已冷掉。

拿起手機滑Instagram休息一下，發現俞涵熙發了限時動態。

點開一看，漆黑的海邊搭了座白色帳篷綴著五顏六色的小燈泡，搖曳著燭光的蠟燭在餐桌上熠熠閃爍，服務生送上擺盤精緻的開胃菜，影片右下角寫著：

「好棒的驚喜>__>，謝謝寶貝（愛心）」

細微的嘆氣聲從錢心澄的嘴角溢出。

花了兩個小時安撫的人此刻在海濱享受浪漫的燭光晚餐，而她眼前只有冰冷的電腦螢幕。

她忍不住舉起手機拍下亮著森冷藍光的螢幕，發布至限時動態寫著：

「晚上八點，只有姨媽陪我加班。」

一前一後對照，感覺自己更加悲慘，但還是必須面對人生。她加緊腳步把改好的潔西稿件寄給張哲軒過目。等他點頭說可以，她就可以回家躺在床上軟爛了。

✿

審閱完今日上呈的帳目資料，戚瑋閉上眼揉了揉鼻梁兩側休息。

他的事務所規模不大，員工數十人，靠著戚尹默和李凱傑的人脈開發了不少客戶。雖人力編制足夠，但到了報稅查帳旺季仍免不了加班。

瞧現在都快八點了，他的辦公室外頭仍燈火通明，許多人仍在跟年報季報奮戰。

一般人看來他生活過得不錯，三十出頭有自己的事務所衣食無虞，但在戚尹默跟李凱傑眼裡看來，有好好的金湯匙送到嘴邊不咬，做這種三不五時就要加班到深夜的工作根本一點生活品質都沒有。

當初他擇商不從醫戚尹默也是氣了一陣子，但兩人本就不親，戚尹默也對他無可奈何。他也知道如果從醫，接手戚尹默現成的醫美事業肯定輕鬆許多。但他不想，不想人生與戚尹默掛勾被其左右，就像他媽媽一樣。

像現在這樣，能從戚尹默身上得到利益但又保有自主權，是他覺得最理想的模式。

戚尹默對他來說，與其說是父親角色，不如說是裝滿錢的豬公撲滿，能撈能拿的他絕不會客氣。比起戚尹默在他人生中製造出的裂痕，撈點油水只是最微不足道的彌補。

肚子咕嚕一叫，提醒他已到晚餐時間。心想著公司附近隨便吃吃就好，錢心澄的臉蛋突然跳出腦海，他看了整天報表有些疲憊的腦袋頓時一亮。

不知道她吃了沒？不知道她會想吃什麼？

他拿過放在一旁的手機，點開Instagram，看見她新發的限時動態。

「晚上八點，只有姨媽陪我加班。」照片內短短一句話配上電腦螢幕發出的慘淡光線。

他修長的手指抵住薄唇仿若思考什麼，半晌指頭移動到手機上打字。

「吃飯了嗎？」他傳了訊息過去。

很快地，她回覆訊息。

「沒有胃口。」

「身體不舒服？」

「你怎麼知道!?」配上一個驚訝的表情。

「妳剛剛的動態說的。」他的嘴角忍不住隱隱揚笑，手指停頓了一秒，繼續打著。「我要下班了，要幫妳買什麼？」

訊息已讀未回，猜想她應該正在天人交戰想著是不是該婉拒他。

「附近有家紅豆湯還不錯，要嗎？」他趁勢追擊。

已讀三秒後她的訊息傳來。

「那就謝謝你了。」配上一個淚水汪汪的感動貼圖。

他的薄唇勾起一抹好看的弧度，滿意於紅豆湯攻勢帶來的成效。

戚瑋快速地收拾桌上物品，拎起公事包離開辦公室，經過挑燈夜戰的員工身邊時對他們點頭致意表示辛苦了。

殊不知目送他離開的員工們面面相覷，每個人嘴巴微張臉上寫滿不可置信地交頭接耳討論：

「老闆剛剛在笑嗎？」

❀

「錢小姐，有位戚先生找您。」公司保全致電詢問。

「是的，謝謝。」

掛斷電話，錢心澄拿出化妝鏡，淡妝也遮不住那黑黑的熊貓眼，加上姨媽蹂躪之下臉色蒼白，連嘴唇都沒了血色。「叮」聽見電梯抵達的聲音，她連忙拿出潤唇膏抹了抹，再用手指梳攏了下頭髮，確認自己氣色看起來好些後走出辦公室外接他。

電梯門打開，拿下領帶、解開襯衫領口的戚瑋手上拎著紅豆湯。

一見到他，開心的感覺從心底油然而生，錢心澄臉上滿是甜滋滋。

「謝謝你的紅豆湯。」

她的一雙彎月眼滿溢開心，戚瑋卻注意到她眼眸底下的兩抹黯色。

「嗯……你要進來坐坐嗎？」雖然覺得這樣問很奇怪，辦公室有什麼好進來坐的？但她心裡卻有一丁點希望他可以留下來跟她聊聊天。

「妳還在加班嗎？」他問。

「差不多了，我在等客戶回信，確認沒問題就可以下班了。」

「那我等妳下班，送妳回家吧。」

錢心澄一愣，連忙拒絕。「這樣怎麼好意思，我自己回家就可以了。」

戚瑋把臉湊到她面前，一雙好看的黑眸盯著她。

面對他突然逼近，錢心澄不自覺屏住呼吸，身體往後微退。

見她杏眼瞪大，他忍不住一笑。

「嚇到了？」他退回身子。

她一怔，隨即想到自己之前常這樣逗他，如今被他反將一軍，一張臉蛋瞬地刷紅。

「妳的氣色不太好。」他比了比她的黑眼圈，「我送妳回去，妳也可以早點休息。」他將紅豆湯遞到她眼前。「趁熱吃吧。」

他的提議總是誘人地讓人難以拒絕，悶痛的腹部的確需要一點甜品溫暖的撫慰，疲憊如她也想趕快躺在鬆軟的床上休息。

「一直麻煩你真不好意思。」領著他進到辦公室，她示意他可以坐在旁邊空位。

打開紅豆湯，甜蜜香氣撲鼻而來讓她迫不及待開動。綿密的紅豆湯入口像道暖流溫暖了她悶痛的下腹，也暖進她的心窩，忍不住露出滿足的甜笑。

那抹甜得膩人的笑映入了戚瑋眼簾，讓他的嘴角也泛起了淡淡微笑。

「好好吃，謝謝你。」轉頭對戚瑋道謝，對上他的眼才發現他一直看著自己。

霎時感到一陣羞，不知所措的她下意識伸手遮住自己的下半臉。

「怎麼了？」她的突然之舉讓他不解。

「我今天氣色好差，突然有點不好意思。」總不能說是因為害羞，她轉而答道。

戚瑋似乎想說什麼卻欲言又止。他低眸從公事包拿出平板電腦，點開工作文件，上下移動了下的喉結透露出有話卡在喉頭。

他又瞄了眼錢心澄，才慢慢地開口：

「還是漂亮。」

不管是濃妝的美豔動人，還是淡妝的清麗嬌俏都吸引著他的目光，她甜美的笑臉像和煦的日光總能溫暖的牽引起他唇邊的一抹弧度。

「咦？」錢心澄一愣，大腦仿若當機。

他、他在稱讚自己嗎？

戚瑋覺得自己面頰的溫度怎麼有點高，他握拳抵到嘴前清了清喉嚨，裝作認真地看著平板。

「快吃吧，紅豆湯要冷掉了。」

發現他頰邊浮現暗紅，不知怎地錢心澄覺得自己兩頰也燒起一股熱氣。

不知所措的她繼續低頭喝熱湯裝鎮靜，心裡仍默默地咀嚼他那句「還是漂亮」。

天哪，這碗紅豆湯怎麼感覺越吃越燙，她的臉頰好熱呀！

面色嫣紅的她一雙大眼滴溜溜地瞄向他線條俐落俊朗的側臉。

戚瑋仍是跟以前一樣體貼細心，表面冷淡實則溫暖。當時的她因此被吸引，現在的他也讓人難以抗拒，可想到當初被他狠狠拒絕，她不想再重蹈覆轍。

察覺到視線投注，戚瑋順著望去與她對上眼。「怎麼了？」

「呃……」這才驚覺自己一直盯著他，錢心澄隨意找了藉口。「很好吃，謝謝你。」她露出一個大大的笑。

她甜美的笑容的確吸引人，但他腦袋卻是清楚。

「十分鐘前妳講過一樣的話。」她的嬌憨讓他忍不住微笑。「妳想講什麼可以直說。」

被戳破的她腦袋一時轉不過來，只能吶吶地將心中所思說出。

「覺得你人很好……」她手攪著紅豆湯含糊不清地道：「我有點害怕而已。」

「害怕什麼？」他挑起一邊的眉，不解地問。

錢心澄瞥了他一眼，欲言又止，半晌才吞吞吐吐出幾個字。「……像是如果有人會錯意之類的。」

如果她又會錯意，那鑽地洞也沒救了。

他眉頭不解地一擰，正想再問清楚，桌上的電話響了。

錢心澄心頭一喜。這個時間點，來電人肯定就是那位可以宣告她終於能下班的張哲軒呀！

「張經理！」她滿是興奮地立刻接起電話，臉上綻出期待的笑。

她神情的轉變，戚瑋都看在眼裡。這張經理是何方神聖，可以讓上一秒還病懨懨的她馬上變得這麼有活力？

「嗯嗯……差異比較表嗎？我這邊好像有，我找一下唷。」她向戚瑋示了個意，將話筒放到桌上開啟擴音，雙手在桌面的卷宗翻找資料。

「妳該不會是為了潔西的稿所以到現在還沒下班吧？」張哲軒猜道。「如果是的話就真的太不好意思了。」

「張經理別這樣說，這是我本來就該做的。」她從文件夾內找到了想要的資料。「找到差異表了，我等等拍下來寄給您。那剛剛寄給您的稿件都可以嗎？還有沒有需要修改的呢？」

「都很完美，真的很謝謝妳，辛苦妳了。」他誠摯地道謝。

耶！她可以下班了！錢心澄滿是欣喜的笑臉只差沒發出歡呼。

「是我要謝謝張經理的體諒。那明天我就把稿件發給相關部門，準備下一步宣傳。」

「麻煩妳了。有錢主任在，真的讓人放心。」

「張經理您過獎了。」得到稱讚，她臉上的笑更是喜不自勝。

「這禮拜不知道妳有沒有空，想請妳吃個飯，算是謝謝妳。」上次的約被小芬亂入顯然沒有讓張哲軒打退堂鼓，抓緊機會他再次邀約。

對客戶私約司空見慣的她面色不改，保持甜笑採用多年經驗下來已經標準化的客套回應。

「張經理的提議聽起來不錯，活動成功後好像很值得慶祝一下。」她甜美的聲音聽起似乎頗有興趣，但話鋒一轉語帶可惜地說：「但我可能要跟助理確認行程後再回覆您，最近比較忙一些。」

「好，那我等妳回覆。我只是想說，我是真的很欣賞妳，希望能有機會多認識妳。」張哲軒直接了當地表示自己的好感。「時間晚了，不打擾妳了，早點回家吧！」

結束電話，錢心澄朝戚瑋投來勝利的手勢。「耶！下班了！我收一下東西！」

沉浸在下班喜悅的她壓根忘了剛剛跟戚瑋聊到一半。

兀自坐在一旁等她收拾的戚瑋默默地在心中消化她和張哲軒的對話。

張哲軒應該就是上次約她假日談公事的人，看來他非常積極，而錢心澄似乎也不排斥。

她剛剛說怕有人會錯意，難道是在暗示他嗎？戚瑋的唇線瞬時緊抿。

「好囉，可以走了。」她拎起包包，卻發現戚瑋的臉色似乎不太好。「怎麼了？」

「沒什麼。走吧。」

他收起平板跟她一起離開辦公室，一路上卻突然異常沉默，即使錢心澄下班後有些疲憊也察覺異樣。

「你還好嗎？」上了車她開口問，兩人間的氣氛跟方才差太多了。

「嗯。」他只簡短地回應了個音節。

她才不相信他的「嗯」。

錢心澄側身睜著一雙圓滾滾的眼睛直盯著他。「你在想什麼？」

專心開車的他無法閃躲她的視線，半晌才道：「妳剛剛說的會錯意是什麼意思？」

也好，與其自己在那邊小劇場，不如問清楚。

「那個啊……」聽到他提起這話題，她將身子靠回椅背。「就字面上的意思囉……像是如果誤會誰喜歡自己，不是很丟臉嗎？」她刻意看著車窗外，不想洩漏太多心思。

「那妳認為張經理對妳是會錯意嗎？」他續問。

聽到張經理三個字，她一雙眼瞪得更大。

「張經理？」怎麼會提到他？

戚瑋不作聲，打了方向燈，轉過方向盤。

「只是個客戶，沒什麼會不會錯意的。」她細聲嘟嚷道。

聽見她這麼說，他眉一挑，原本堵塞在胸口的悶氣疏通了些。

「那妳是怕誰會錯意？」既然話題都開到這裡了，乾脆順勢問清楚。

沒想到他這麼單刀直入，讓錢心澄反而語塞答不出話。

她害怕要是過於坦白自己的心思，會不會又把自己端上砧板任人切割？尤其眼前的人就曾是那個劊子手。

車子停在大樓前，戚瑋拉起手煞車，轉頭看向她。

「妳還沒有回答我。」

「應該也只有我會錯意過吧。」錢心澄嘴裡含糊道，低頭解開安全帶逃避他的視線。「謝謝你送我回來，再見。」她準備開門下車。

戚瑋越過身子拉回車門打斷她的動作，錢心澄驚訝地看向他。

他兩道劍眉底下的星眸目光炯炯，眼神堅定地望著她。「妳沒有會錯意過。」

她的粉唇張了又合，一時間找不到話語，只聽見自己的心跳在他的注視下越來越大聲。

忽然間，突兀的鈴聲劃破兩人間無聲的凝視。她低頭急忙接起電話，他退回身子靠著駕駛座。

「喂，媽，安怎了？」

「阿心啊，妳下班未？」即使錢心澄沒開擴音，錢媽肺活量十足的聲音仍是清楚地迴盪在車內。

「剛下班，有什麼代誌？」

「妳阿爸講三姨婆她兒子種的柑仔蜜大出，欲寄一箱給妳，先和妳通知一下。」

「一箱喔？」她一驚。「這樣太多呷未完，毋免寄那麼多。」

「妳阿爸已經訂好了啦！妳冰冰箱慢慢呷。我欲來去洗澡啊，先這樣。」

錢媽說完要交代的事後就乾脆地掛了電話。

錢心澄看向戚瑋，露出尷尬的笑。「我媽。」

他點點頭表示知道，聽得出來。

「柑仔蜜是什麼？」不諳台語的他問。

「小番茄。」她答道。「我媽說要寄一箱給我，我怎麼吃得完。」

看她臉上又是無奈又是被爸媽掛念在心頭的幸福微笑，戚瑋慢慢地道：「妳很幸福。」

語調平淡的他黑眸深處卻似閃著波動，好似看著展示在櫥窗內的玩具，眼露羨慕的小男孩。

錢心澄一愣，想起他曾提過自己的家庭背景，或許這是他不曾體會過的關懷之情。

「還是我訂一箱送你，我三姨婆家種的小番茄很好吃喔！」她大方地說。

「一箱太多了。」他淺淺一笑，明白她想分享被惦記在心的溫暖給他。

「這樣好了，收到番茄後，我拿一半給你？」一人一半，剛好！

戚瑋沒有說好也沒有說不好，一雙黑亮亮的眸只是盯著錢心澄不發一語。

「怎麼了？」錢心澄先是滿臉疑惑，然後像想到什麼一臉恍然大悟。「還是你不喜歡吃番茄？」

「不是……」他搖了搖頭。「我只是在想，那我要回送什麼東西。」

無功不受祿，他怎好意思。

錢心澄先是一愣，隨即哈哈大笑。

「哈哈哈！不用啦！就當剛剛紅豆湯的回禮啦！」她收住笑聲，含笑的美眸朝他一瞥，俏皮地眨了眨。「如果真的要的話，下次請我吃飯就好啦！」

看看時間不早了，錢心澄又跟他道謝了次。「今天真的很謝謝你，我回去了。你回家也早點休息。」

她下車後笑容甜美地跟他揮手道了再見。戚瑋凝望著她的身影，直至她走進大樓玄關才驅車離開。

經過幾個街口，看見便利商店。他停妥車進到商店，再出來時手上多了瓶養樂多。

回到車上，他撕開瓶口封膜，喝著酸酸甜甜的養樂多，錢心澄笑靨如花的臉蛋在腦海中閃耀，像和煦日光散發的熱度，慢慢地暖暖地照射進他心底深處的某個無底洞。

背抵座椅的他想著方才種種。

她害怕自己會錯意，但她怎沒想過，最害怕的人其實是他？

❀

接到戚瑋的內線電話，助理珠姨敲了辦公室門後開門而入。年近半百的珠姨體型豐腴，圓潤的臉福福態態。頂著小捲燙短髮的她看起來像鄰家大嬸親切，可做起事來俐落有效率，偶爾有點聒噪卻懂職場分際不逾矩，是戚瑋頗為信賴的助手。

埋首案前的戚瑋頭也沒抬，直接開口交代公事。

「桌上那些今天幫我寄出去，旁邊那疊要歸檔，黑色那本有些地方不清楚，請他們把我標出來的地方再看一次。」

他指的是疊滿會客茶几的公文和資料夾。

其實這些都是例行公事，珠姨早習以為常。通常她都二話不說，雙臂一展東西抱了關門就走，只是今天怎地過了半晌還沒聽見珠姨關門離開的聲音。

略感不尋常的戚瑋停下敲打筆電的手指，抬頭一看，望見珠姨挺直腰桿，雙腳微開以類似深蹲的姿勢緩慢彎膝下蹲，張手想拿起茶几上的那疊文件。

戚瑋眉頭疑惑一鎖。

「珠姨，妳在幹嘛？」就算是想練深蹲，也挑錯地方了吧？

發現自己詭異的動作被發現了，珠姨停下動作，嘴角扯起尷尬的弧度。

「昨天我們家去淡水騎腳踏車，騎到一段下坡路我兒子打滑翻車，我在他後面來不及煞車也撞了上去，結果害我閃到腰……我現在一彎腰就痛。」

想起昨天的慘事，珠姨忍不住又揉了揉腰。

聞言戚瑋起身離開辦公桌，走到茶几前拿起那疊資料夾走出辦公室，放到珠姨的桌上後又走了回來。

「腰還沒好之前，如果要搬重的東西就找人幫忙吧。」他坐回電腦前繼續剛剛未完的工作。

雖然戚瑋一張俊臉依舊漠然，但平時總是冷冷淡淡的他居然會有此舉動，再想到前幾天他下班時掛在臉上的那抹笑，珠姨不可置信地瞪大雙眼直盯著他，彷彿想確認眼前的老闆是不是外星人冒充取代的。

抬眸望見珠姨還愣在原地，戚瑋淡淡地開口問：「還有什麼事嗎？」

「沒、沒事，我去忙了。」回神的珠姨連忙轉身離開。

門將闔上之際，一陣微小卻清晰的喃喃自語從門縫飄了進來。

「……是談戀愛了嗎？」

戚瑋手邊的動作一頓，抬眼望向緊閉的辦公室門扉，腦中思緒卻飄出了這四角空間。

她在做什麼呢？應該跟他一樣在上班吧？

拿過擱在一旁的手機，戚瑋點開跟錢心澄的聊天室，看著兩人最後的訊息停留在上禮拜幫她送紅豆湯那天，指頭在螢幕前晃了晃，想傳訊息給她卻不知道該說些什麼，只怕自己太冒然。

他一隻手抵住下巴，眉頭深鎖想著有什麼適當的訊息可以傳訊給她。嚴肅認真的模樣，要是珠姨在此時進來看到，還會以為是哪個不知死活的把帳本整理得亂七八糟要倒大楣了。

半晌，想起跟她最後的話題是小番茄，他原本緊揪的眉頭舒展，好像找到了一個滿意且恰當的切入點。

「剛剛助理問我要不要團購小番茄，想到妳說要拿給我。」

輸入完文字，拇指在發送鍵上盤旋了一秒，好像在做最後確認，確認不會過於唐突、確認這內容師出有名。

訊息很快就被已讀，一眨眼，她的回覆已傳來。

「我媽說訂單很多，可能要再等幾天。」

另一頭的錢心澄盯著手機，一雙大眼眨也不眨，好像想從他的訊息裡頭參悟些什麼。

難道他的意思是不想等了？想直接跟助理一起團購嗎？這想法讓她忍不住粉唇一噘。

「那我等妳。」

短短的四個字在螢幕上跳出，讓錢心澄臉上點亮一抹笑。

戚瑋又打了一串句子送出，突然覺得自己呼吸一緊有點緊張。

「上次說好要請妳吃飯，妳有想吃什麼嗎？」

會太突兀嗎？還是太明顯？但算了無所謂，前面鋪了那些梗，為的就只是這一個目的。

他想約她見面。

一股甜意從那幾句話語蔓延開來沁進她的心底，連帶使她唇角那抹漂亮的弧度都像沾染了花蜜般甜得膩人。

「吃什麼都可以嗎？」她一張小臉滿是甜滋滋。

不假思索，他立刻回覆。「當然。」

「那我要吃你做的甜點。」

❀

週末下午，跟錢心澄約了在東區某捷運站見。久未搭大眾運輸工具的戚瑋搭公車前往，手拉吊環身體隨著公車的運行擺動，車窗外的景色閃逝而過，突然間他有種錯覺，好似回到跟她一起搭車去六福村的那天。

想到錢心澄也會如同那時在約定的地點等他，他的嘴角輕輕地揚起。

下了車，前方就是約好的捷運站出口，一眼他便望見了她。

錢心澄穿著米白色長衫搭配及膝的墨綠色短裙氣質優雅，披在肩上的牛仔外套多添了份隨性，長髮扎成蓬鬆的低馬尾讓她看起來又甜美又可人。

望見戚瑋走來，她臉上燦爛一笑，高舉起手對他揮舞。

他身著素色白綿T搭淺灰色教練外套，合身的灰綠色斜紋打摺褲讓身型本就頎長的他更顯高挑。

在望見錢心澄對自己揮手的瞬間，戚瑋那對眼尾微挑、好看卻總透著冷淡的丹鳳眼泛出一抹溫柔的笑意。

「等很久嗎？」他的一對黑眸自看見錢心澄後就沒移開，本就亮麗動人的她今天看起來更是甜得像塊糖飴。

「……我剛到。」戚瑋含笑望著她，俊雅的面容添了股清朗，看得她魂魄幾乎要被勾去一半。發現自己差點失神，錢心澄連忙拿出手機點開地圖。

「我們走吧！在這附近而已。」她走在前頭帶路。

「沒想到妳會對做甜點有興趣。」他跟在後頭說。

那時她說想吃他做的甜點讓他一頭霧水，後來才知道原來她是指想去烘焙教室親手做甜點。

「我是愛吃，不是愛做。」她回頭俏皮地望他一眼。「其實那是間甜點店，非常有名。今年他們舉辦的周年慶活動就是手作瑪德蓮體驗，參加活動還可以用八折優惠購買店內產品，超棒的！」滿面發光的她臉上毫不遮掩地寫著興奮兩字。

戚瑋對甜食沒什麼特別興趣，但看見錢心澄如此雀躍，讓他也多了點期待。

甜點店位於靜巷內，純白的店面裝潢文青雅緻。為了因應週年慶特別活動，店內原本的桌位變為簡易工作站，每張檯面上已擺好製作瑪德蓮所需的材料。

「瑪德蓮容易上手，只要一步一步照著食譜做就能成功，製作過程有任何問題都可以隨時問我們喔！」氣質溫和的甜點店老闆親切地對兩人道。

錢心澄將食譜擺在旁邊，照著上面的步驟開始動工。

「砂糖四十五克，打一顆蛋然後攪拌……然後麵粉……嗯？麵粉是幾克啊……」

每個動作她都必須停下再次確認食譜上的步驟後才能繼續，反觀旁邊的戚瑋，拿起食譜看了幾許後便放到一旁，從材料的秤重、混合攪拌直到麵糊填模一氣呵成，動作熟練得像本業就是甜點師傅一樣。

當他把填好麵糊的模具送進烤箱烘焙時，錢心澄還在看自己泡打粉究竟要放多少。

「泡打粉二點五克加入蛋液中……」她專注在秤重機上的數字喃喃自語，眼角餘光瞥見旁邊好像有個什麼東西，定睛一看，才發現是戚瑋遞來一支篩網。

她愣愣地看了看篩網，再看了看食譜。

秤完泡打粉重量後的下一行就寫著：「將粉末過篩後與蛋液混合」。

「你該不會看過一次就把步驟記起來了吧!?」錢心澄臉上滿是震驚。

戚瑋沒回話，但輕揚的嘴角已經透露出答案。

「真羨慕腦袋好的人。」接過篩網，她又是羨慕又是嫉妒地翹嘟小嘴。

突然覺得鼻頭癢癢，手上沾滿麵粉的她低頭用手背輕輕搔了搔鼻頭，原本收在耳際的斜瀏海隨著動作散落在眼前，她甩了甩頭想把瀏海甩到一旁，但幾許髮絲仍舊隨著動作飄回眼前。

她有些氣惱地盯著擋住視線的瀏海，旁邊的戚瑋開口。

「要幫忙嗎？」

還沒反應過來他指的是何事，下一秒他修長好看的手指順過她額前的髮絲，輕柔地將那幾縷烏絲旋到她的耳後。帶著熱度的指頭滑下耳廓，輕撫過她的下頷，像施展魔法般在她臉上畫出一抹紅暈。

「這樣好多了吧？」他那雙像黑曜石般閃亮的眸子凝視著她，覺得臉紅的她煞是可愛。

「謝、謝謝你……」發現自己說話怎麼支吾了起來，錢心澄吸了口氣想裝鎮定，隨便說了句：「你的瑪德蓮做到哪了？」

話才出口她就後悔了，她早就看見他把瑪德蓮送進烤箱，自己根本在問廢話，只是更顯現出自己的緊張而已。

一抹開懷的笑在戚瑋臉上展開。她害羞的模樣著實可愛，再加上她是因為他而害羞，更是讓他心情愉悅。

「做好了，已經在烤箱裡了。」他噙著迷人的笑看著她。

「那、那麼快。」天啊，有人被笑容閃瞎過眼睛嗎？如果沒有的話她肯定是第一個，戚瑋的笑容綻放在那張俊臉上實在太耀眼了。

「嗯，妳男朋友真的很厲害，我第一次遇到食譜看過一遍就可以做出來的人。」從旁經過的老闆拋來一記讚嘆的眼神。

男、男朋友!?

聽到這三個字，錢心澄渾身一僵，脖子像被釘了釘子一樣，不敢轉頭看戚瑋是什麼反應。

「將麵粉、泡打粉以及蛋液攪拌均勻。」

他遞來一支攪拌刀，提醒她下一個步驟，低沉醇厚的嗓音就在她耳邊，像陣微風輕輕地撫過她心中那湖澄淨，泛起一圈又一圈的漣漪。

感覺臉頰一陣火燒，錢心澄幾乎是逼自己專注在面前的步驟，頭連抬都不敢抬。

但若是她眼角輕抬看戚瑋一眼，就會看見在他臉上，那抹溫煦的如同暖陽照射的笑。

❀

瑪德蓮製作活動結束，戚瑋和錢心澄拎著紙盒在附近的小公園找了位置坐下，打開盒子，濃郁的奶油甜味撲鼻而來。

錢心澄看看自己的瑪德蓮，再看看戚瑋的瑪德蓮，一張小嘴癟了癟。

「你的瑪德蓮有肚臍，我的沒有。」她嘆了口氣。「聰明的人果然做什麼都很厲害。」

「肚臍？」對甜點沒有研究的戚瑋面露不解，不懂這麵粉做成的東西何來肚臍。

「喏，你看，就是這個。」她指向他的瑪德蓮微凸像小山丘的那一面。「好看的瑪德蓮就是要這樣微微凸起。你看我的，是平的。」

她有些沮喪，覺得在優秀的他旁邊她根本相形失色。

戚瑋看了看她那盒瑪德蓮，伸手拿了一塊送入口中品嚐。

錢心澄一雙眼睛睜得大大地看著他。她自己還沒試吃耶，要是她做失敗怎麼辦？

「嗯……」瑪德蓮入肚，戚瑋緩緩開口：「如果說我的瑪德蓮是好看，那妳的瑪德蓮就是……」

他刻意停下語句，看她對他的評語是一臉既期待又怕受傷害的模樣，嘴角忍不住向上一扯。

「好吃。」他眸心含笑望著她，語氣肯定。

錢心澄先是一愣，隨即笑開一張小臉。

「真的嗎？」得到他的稱讚讓她樂得滿臉喜孜孜，她也伸手拿了塊他做的瑪德蓮入口，豐盈的奶油香在口中逸散開，瞪大的雙眼寫滿讚嘆。「你的瑪德蓮，好看又好吃！」

「是嗎？」他對自己做出來的瑪德蓮口味如何不是很好奇，對她手上那盒倒是比較有興趣。「既然這樣，不如我們交換。」

「好啊！」跟他交換了盒子，吃著他做的瑪德蓮，錢心澄臉上盡是滿足。

望著她心滿意足的小臉，戚瑋深黑如墨的眸光不自覺泛出溫柔，將她嬌俏甜美的一舉一動收進心底。

「你不吃嗎？」看他拿著盒子卻動也沒動，錢心澄好奇地問。

「我帶回家慢慢吃。」他微笑道。

這是她親手做的，他當然要慢慢品嚐。

「既然你已經把食譜記起來了，隨時都可以自己做，吃完也沒關係吧？」沒有細思他的含義，單細胞迴路的她還在腦子裡想就算懶得自己做，外面買也很方便，還怕沒得吃嗎？

「我沒記，已經忘記了。」戚瑋淡淡地說。

「咦？忘記了？剛剛不是記得很熟嗎？」每每她剛完成一個步驟，他就已經把下一動的東西遞了過來，活脫是個人體食譜。

「那只是短期記憶，對我來說不重要的東西不會真的記起來。」他淡淡地解釋。

話雖這樣說，但有些事卻是他想忘也忘不了的。

「居然可以選擇性記憶，也太厲害了吧！」好像聽到什麼特異功能，錢心澄臉上滿是欽佩。突然她眼珠子一閃，粉唇扯起一抹促狹。「說不定也沒那麼厲害，我吃火腿蛋吐司不加美乃滋這種無聊的事，你還不是記了那麼久。」

難得抓到把柄可以揶揄他，她笑得特別狡詐。

戚瑋揚眉一挑，一雙黑沉的眼眸凝望著她卻沒回話。

被他瞧著半晌的錢心澄本還覺得他怎莫名其妙不說話，突然間腦袋裡的那條單線道思考迴路突然擦出一道火光瞬間接通。她臉上明顯一愣，隨即雙頰燒起一陣火紅。

見她滿面通紅，戚瑋眉眼蘊笑，嘴角輕盈。

看來她自己想出答案了。

不敢再對上他那副好似會吸人的眼眸，她低頭看著擱在雙膝上的瑪德蓮，一時間不知道該說什麼，半晌才慢慢開口：

「我……我也記得你愛喝養樂多。」她臉頰上的豔紅一路蔓延至脖頸，細微的嗓音盡是羞澀。

提到養樂多，戚瑋沉黑的眸瞬時黯淡幾許，他轉回視線望著前方，片刻才淡淡地說：

「也不是真的很喜歡……」聲音輕得彷彿要隨風散去。

聽見他的細語，錢心澄秀眉一蹙，不明白他的意思。

「什麼意思？」

他的眸心一閃，不願觸及深埋在心中依舊隱隱作痛的那塊，但在她滿是不解的視線之下，還是得說些什麼。

掃了她一眼，他四兩撥千斤道：「太甜了，如果出個無糖版更好。」

沒料到會聽見這樣的回答，錢心澄忍不住噗哧一笑。「那我幫你反映給客服，請他們考慮出個無糖版。」

對上她澄澈無瑕的眼眸，他嘴角浮現一抹淺淺笑意。她燦爛嬌美的笑容總能照亮他心中那幽暗不見天日的一隅。

「要吃晚餐嗎？」天色漸暗，他問。

「好呀！前面那條街好像很多吃的，我們去看看吧？」

離開公園，兩人並肩走著，逐漸西沉的斜陽灑落仍有餘溫。他瞇眼望著身旁的她笑意吟吟說著生活趣事，金色的光輝照射在她身上像是一團燦爛的暖陽，凝視著她的細長黑眸溢滿如水的柔潤。

他希望，這抹暖陽能永遠在身旁。

美萊雅的新品上市宣傳活動聯合電視廣告投播、新聞報導、百萬流量網紅聯手推薦，一時間各大網站社群都可見相關貼文，氣勢如虹成功引起迴響，短短幾天就登上熱搜排行，美妝社群內討論人氣居高不下，銷售量一飛沖天。

案子做得漂亮，大老闆滿意得不得了，特別表示今天下午要親自到部門嘉勉大家。

「心澄姐，妳真的紅了！我剛剛買咖啡遇到大老闆的祕書，聽說美萊雅連下一季的品牌行銷都要交給我們，大老闆超高興的！」消息靈通的小芬送來每天早上都會幫她準備的咖啡，順便貢獻最新消息，興奮的臉上滿是敬佩。

聽到這消息錢心澄不意外，妝容完整亮麗的她揚嘴一笑滿是自信。「大老闆下午應該就是要宣布這件事吧。」

「心澄姐真是事業愛情兩得意，羨慕羨慕。」小芬露出一臉豔羨。

錢心澄秀眉一擰。「妳在說什麼？」

小芬對她眨了眨眼滿臉促狹。「除了張經理，聽說還有一個晚上幫妳送宵夜的帥哥。心澄姐真是惦惦吃三碗公欸，這樣我就不用擔心了。」

見錢心澄蹙眉正要開口，小芬先發制人。「心澄姐妳別想否認喔，我的消息來源是夜班保全，妳賴不掉的。」

連夜班保全都變成她的線民，這個小芬根本是被助理身分耽誤了一生的情報員。

「朋友而已。」她淡淡地帶過，但所說也屬實。

「喔，原來是會特地送宵夜來給妳、等妳下班，然後送妳回家的朋友。」小芬故作恍然大悟地點點頭。

「吳小芬，妳是不是真的太閒？」錢心澄瞪視著她。「昨天給妳的名單整理完沒？」

「快做完了，等一下就送過來了嘛。」小芬軟著聲調對錢心澄撒嬌，她靠到她身旁小聲問：「心澄姐老實說，妳是不是比較喜歡晚上送宵夜的那個帥哥？」

錢心澄聞言一雙美眸瞪得更大，背脊一繃像被踩到弱點的貓咪。「吳小芬！」

見她反應，小芬噗哧一笑，看來是被她說中了。

錢心澄對張哲軒的邀約推三阻四，卻讓別人送宵夜來還順便送回家，怎麼看都知道誰比較占上風。

吳小芬，妳真是邏輯一百分。她在心中讚美自己。

「心澄姐，我只是要跟妳說，如果真的喜歡，對方也不錯的話，妳可以主動一點丟餌，魚就會自己上鉤了。談戀愛的事可以問我，我很有經驗。」她拍拍胸脯毛遂自薦，但也識趣地講完想講的就趕緊開溜。「那我回去工作了。」

跟在錢心澄身邊做事好幾年了，第一次看到她的桃花終於長出花苞，小芬比誰都還期待能看見她開花綻放。

看著小芬溜之大吉的背影，錢心澄又好氣又好笑。她知道小芬是善意的關心，不過上班時講這些東西真是沒個正經，再說她跟戚瑋根本不是小芬所想的那樣。

「叮」手機響了，社區管理ＡＰＰ傳來通知。

「五六三號七樓，您的信件／包裹到囉！請記得來社區管理中心領取，謝謝。」

想必是錢爸錢媽訂的小番茄到貨了。戚瑋的臉在腦海跳出，她粉唇噙起一抹笑。點進跟戚瑋的聊天室，她發了訊息。

「小番茄剛寄到了，想拿幾盒給你，什麼時候有空呢？」

半晌，叮一聲傳來他的回覆。

「今天？」

「可以呀。」

「我開會到六點，結束去找妳。」

過幾秒又跳出一個。「一起吃飯嗎？」

她的粉唇不自覺漾出一抹笑。

「好呀，那晚上見。」

「晚上見。」

不知為什麼心頭甜滋滋的，連帶臉上也笑得甜滋滋，喝了口小芬幫她準備的咖啡，怎麼今天味道特別順口？

小芬恰巧從旁走過，她攔住一問。「小芬，妳有拿錯咖啡嗎？今天喝起來跟平常的美式不太一樣，好像是單品手沖。」

看錢心澄臉上滿是掩不住的甜笑，小芬瞥向她的手機促狹地說：「一樣是熱美式啊！我看是心澄姐妳自己心情好幫咖啡豆升了級，當然特別順口啊！哎喲，好甜蜜喔，手機要長螞蟻了。」說完不等錢心澄回神就趕緊腳底抹油溜走。

「真是的。」

錢心澄沒好氣地看著小芬溜之大吉的背影，收回心緒打開電腦開始工作，沒發現自己的嘴角揚著愉悅的弧度。

❀

下午，大老闆同張哲軒一前一後步出電梯。兩人交談甚歡，還沒踏進辦公室已傳來笑聲。

「各位同仁，這位是美萊雅的品牌代表，張哲軒經理。這次美萊雅的新品上市活動表現得非常好，張經理跟我特地來謝謝大家這段時間的努力！另外還要跟大家宣布一件好消息，美萊雅新一季的品牌行銷也將交給我們！」

大老闆停下語句環視全場，所有人立即適時的鼓掌叫好填補他的停頓。眾人的反應讓大老闆滿是喜悅，撫著肚子呵呵笑時連雙下巴都愉悅地抖動起來。

他走到錢心澄身邊。「尤其要謝謝心澄，聽張經理說妳為了這案子特別盡心盡力。」

錢心澄起身謙虛道：「那是我應該做的，是我要謝謝張經理的幫忙。」

她粉唇漾起一抹笑，滿含笑意的杏眼投向張哲軒表示謝意。

美得勾人的她讓張哲軒瞇起一雙漆黑的眸，像瞄準獵物的獵人。他唇角微揚，知道錢心澄對他看似親切，實則保持距離，但就因為這樣他才越是想接近她。

「這案子辦得這麼成功，一定要慶祝慶祝。」大老闆眉開眼笑地道：「心澄今天下班後有空吧？一起去吃個飯。」

錢心澄眼神一閃，想到跟戚瑋約好了晚餐，正思考著怎麼不失禮貌地拒絕，張哲軒不疾不徐地開口。

「關於新的品牌形象計畫，我這邊有幾個想法，剛好想跟錢主任聊聊。」

「當然當然！」大老闆附和道，轉頭向祕書交代。「等等餐廳訂好跟心澄說一聲。心澄晚上妳就搭計程車去，收據報帳。」他拍了拍錢心澄的肩膀。

看來是無法拒絕了。錢心澄瞟了眼張哲軒，他一雙瞇眼而笑的黑潭深不可測。

「大老闆，這次小芬也幫了我很多，既然晚上的聚餐要聊接下來的案子，我想請小芬一起去。多了小芬的加入，案子進行會更順利。」

站在大老闆和張哲軒後方的小芬嘴巴張得可以吞下拳頭，她比著自己對錢心澄啞聲地用嘴型說：「我？」

「那當然好。」大老闆爽快地應允，轉向張哲軒。「張經理，那我們去辦公室確認一下新案子的合約。」

張哲軒點頭答好，臨走前不著痕跡地回眸看了眼錢心澄，臉上的笑意更濃了些。

「心澄姐！怎麼又是我！我晚上要約會啊！」待大老闆和張哲軒離開，小芬立刻奔到錢心澄旁邊哇哇大叫。

錢心澄睨了她一眼。「妳以為只有妳嗎？」小芬還沒反應過來，她繼續道：「小芬，妳總不能一直當我的助理吧？這次給妳機會好好表現，讓大老闆有好印象，之後好處總有妳的份。」

一語點醒夢中人，發現錢心澄說的很有道理。

「心澄姐，謝謝妳！我會好好努力的！那我先去搜集美萊雅的客群分析資料。」小芬幹勁十足地回到自己桌前認真開工。

坐回電腦前，錢心澄手撐著下頷滑開手機。

案子成功得到大老闆肯定她是很高興，但本來跟戚瑋約好的晚餐看來得取消了，難道這就是俗稱的有一好沒兩好嗎？

點開跟戚瑋聊天的視窗，她單手慢慢地打字，緩慢敲著鍵盤的指頭滿是不情願。

「對不起，今天晚上要加班，我們下次再約好嗎？」

她輕輕地嘆了口氣後送出訊息。

戚瑋為了新接下的企業內部審計案忙得不可開交，但見到錢心澄傳訊息來，他還是擠出時間想見她一面。

為了跟她的晚餐之約，他把工作效能開到最大，整個下午忙得連看手機的閒暇都沒有。

工作一結束立刻趨車往錢心澄的公司，時值下班尖峰時刻的街頭車水馬龍，壅塞的交通讓他比預定的時間晚了些許抵達。

❀

停在她的公司大樓門口，戚瑋拿出手機想傳訊跟她說自己到了，才發現她早先發了訊息過來。

「對不起，今天晚上要加班，我們下次再約好嗎？」

她幾小時前就傳了訊息，只怪自己太忙沒即時看到。

心想她又加班，是否要問問她晚餐想吃什麼幫她送去？眼睛盯著大樓門口出出入入的下班人潮，腦中模擬著如何回覆，倏地一個熟悉的身影出現在車子前方。戚瑋定睛一看，正是錢心澄。

以為她是看見自己走過來，嘴角還來不及上揚，下一秒就發現她身邊跟著一名身形挺拔的男性，兩人有說有笑地招了計程車離去。

戚瑋的唇角一沉，拿著手機的手猛然緊握，腦中各種思緒瞬時飛騰，半晌才保持冷靜緩緩地移動指頭輸入訊息。

「加班嗎？」

過了幾分鐘，回覆傳來。

「嗯，對啊……還要忙一下。」

戚瑋的俊臉覆上一層寒霜，一股寒意自心底漫出。

「我們再約好嗎？」錢心澄再傳了訊息過來。

薄唇抿了抿，戚瑋冷然地按掉手機丟至副駕座位，轉動方向盤駕車離開。

六、妳要丟下我

細斜的雨絲打落在玻璃窗上，陰暗的天空和灰濛毫無生氣的市景讓坐在辦公桌前的錢心澄也感覺懶懶散散。

手指有一搭沒一搭地點著滑鼠，看著專案報告的美眸三不五時瞄向手機，最後終於忍不住拿起手機打開通訊軟體。

點開與戚瑋的聊天室，昨天問他何時有空拿番茄的訊息仍是已讀沒回。

「是在忙嗎……？」手撐著下顎，她不解地喃喃自語。

「心澄姐，妳的咖啡。」小芬將熱騰騰的咖啡送到她桌上。

錢心澄一驚，連忙放下手機接過咖啡。

「謝謝。」

她的舉動小芬盡收眼底，忍不住試探：「心澄姐，手機怎麼啦？」

「什麼怎麼了？沒事呀。」錢心澄故作鎮定，將視線轉回螢幕上繼續辦公。

昨晚飯局上小芬就注意到錢心澄三不五時就會瞄一下手機，剛剛又對著手機發呆。小芬轉了轉眼珠子，突然故意大嘆口氣。

「怎麼了？」錢心澄問。

「昨天為了晚上那個飯局臨時放我男朋友鴿子，他好像生氣了耶。」小芬皺眉垂眼非常苦惱的樣子。

錢心澄內心一震，但表面仍是若無其事地道：「那怎麼辦？」

「撒嬌道歉試試看囉，請吃飯之類的表達一下誠意。」

「是嗎……」錢心澄垂眼思考這方法的可能性。「但如果都不回訊息怎麼辦……」語音一落她才發現自己講出了心中所思，臉色轉為尷尬。

小芬嗤嗤地笑了笑，沒想到錢心澄這麼好套話。

「那就直接去找他呀，人家說見面三分情，而且若真的喜歡對方，見到本人再怎麼氣也都消了一半。」小芬促狹地湊到她身邊道：「再說心澄姐妳這麼正，誰能不心軟啊？」

「好了好了，快回去工作吧。」沒好氣地睨了她一眼，錢心澄打發她。

「心澄姐，祝妳成功喔！」離開前小芬對她眨眼做了個加油的手勢。

錢心澄拿回手機，看著沒有回應的訊息。

小芬說的真的有用嗎？

她有些半信半疑，也怕情形若不同於小芬所說，自己碰了一鼻子灰更是丟臉。

放下手機，她決定先認真工作，這件事等她下班再說。

但眼睛盯著螢幕，戚瑋的臉卻不時地跳入腦袋。看似氣質冷淡的他，對她那些不著痕跡的貼心，一幕又一幕地像電影畫面在腦海中閃過，讓她無法專注。

一開始說要見面的人是她，臨時放鴿子的也是她，的確是自己有錯在先。既然問題出在她，那也只能自己先破冰了。

再拿回手機，錢心澄深呼吸了口氣。

「昨天真的很不好意思，今天下班我拿番茄過去給你好嗎？」

❀

「叮咚」

錢心澄的訊息跳出手機螢幕鎖定畫面，正在確認開會文件是否齊全的戚瑋斜眼一瞄，黑眸閃過一絲波動，收回視線繼續整理手邊的資料。

她推說因為加班所以取消跟他的約會，雖然親眼看見她跟陌生男子一同搭車離去，理性告訴他這不代表什麼，可能只是同事間的應酬，但情緒反應卻騙不了人，不回她訊息就是最好的證明。

他知道直接問她就能一清二楚，但心底的某個角落卻害怕聽到他最不願的答案。恐懼支配了他，讓他想逃避任何可能再被拋下的情況。再者，今日要到竹科跟客戶解說之前做的企業內部審計報告，也說不準何時才會回來。

文件確認備齊一一收進公事包，拿起手機準備出門洽公，看見仍懸在鎖定畫面的訊息。他停下腳步，思量是否該回覆她一下，別讓她白跑一趟。

手指還在猶疑之間，辦公室的門敲響，珠姨的頭探了進來。

「老闆，剛剛幫你看了一下路況，建國北路閘道口有車禍塞車回堵，可能要繞到其他交流道上去喔。」她遞來幾張文件。「這是剛剛陳董祕書傳來的。陳董已經初步看過我們傳給他的報告，這些地方陳董希望你在會議上可以再解說地詳細一點，要請你再過目一下。」

「嗯，謝謝。」

他接過文件簡短道謝，走往停車場的路上邊快速翻閱文件邊在腦中排列幾條南下的替代路線，腦袋的思緒開關已切換至工作模式，錢心澄的訊息隨著漆黑的手機螢幕在他腦海裡消失無蹤。

❀

午後雨勢停歇但天空仍是灰沉陰鬱，錢心澄走出捷運站，避開人行道上的水窪，看著手機地圖往戚瑋的事務所走去。

雖然訊息仍是未讀未回，但錢爸錢媽寄來的番茄已差不多熟透，再晚幾天就要過了賞味期限，所以她仍是拿了幾盒番茄送來。心想即使見不到人，請人轉交也可以。

搭電梯直上，抵達戚瑋事務所的門口。雖然已是下班時間，仍見裡頭燈光明亮，看來還有人在挑燈加班。

門口的接待櫃檯人去樓空，沒人注意到門外的她，不得其門而入的她只好坐在梯廳的沙發等候區，邊滑手機邊注意有沒有人進出。

半晌，聽見事務所門打開的聲音，拎著包包的珠姨講著電話走了出來。

「媽媽現在要下班了，你在補習班等我一下，我們一起回家。要不要吃滷味？可以順便去買，問一下你爸要不要吃……」

錢心澄起身走到她面前，對珠姨笑了笑，面露打擾之意。

「……先這樣啊，我快到時再打給你。」見錢心澄朝自己而來，珠姨掛了電話望向她。

「不好意思，請問戚瑋在嗎？我是他朋友，有東西想拿給他。」她露出善意的笑。

「老闆不在，他外出洽公了。請問有什麼事嗎？」

「喔……」果然在忙，難怪訊息不讀不回。「不知道能不能麻煩您幫我把這個轉交給他？」

珠姨看了看袋子再看了看她。她無法確認錢心澄自稱朋友的身分是否屬實，也不知道接下這東西會不會對戚瑋帶來什麼麻煩，最安全的方法還是請她自己跟戚瑋聯絡吧，她可不想在公事之外給自己找麻煩。

「老闆最近行程不定，不一定會進公司，怕這樣反而會耽誤您送東西的時機。可能請您跟老闆聯絡，確認下他的行程會比較好。」珠姨婉轉拒絕，趁電梯來了她順勢道：「不好意思，我還要趕去接小孩，麻煩請您再跟老闆聯絡了。」

電梯門關了，吃了閉門羹的錢心澄只能摸摸鼻子。看向事務所內仍亮著光，既然她都特地來了，還是再試試看有沒有人可以幫她轉交好了。

坐回梯廳的沙發，正要拿出手機繼續查看公事，上樓的電梯「叮」一聲開了門，她順著聲音望過去，正巧跟踏步而出的戚瑋對上視線。

看見她在這，戚瑋一愣，隨即想起白天她傳來的訊息。從西裝外套的內袋拿出手機，那則訊息還亮晃晃地停在手機螢幕上。

他居然完全忘了這件事，她在這等了多久？忙了一天的戚瑋臉色看起來更加緊繃。

看見他臉上的愕然，錢心澄感覺自己似乎來的不是時候，加上剛剛又被珠姨拒絕，讓她覺得好尷尬，連忙將裝著番茄的提袋遞到他面前。

「不好意思突然跑來，我只是想早點把番茄拿給你。看你好像很忙，我不打擾你了。」

待戚瑋接過袋子，她按了下樓的電梯，還停在原樓層的電梯打開。

「妳……」戚瑋剛開口，卻被她的手機鈴聲扼斷，他示意她先接電話無妨。

錢心澄一看，是俞涵熙。一段時間沒聯絡，怎突然這時打來呢？

「喂？涵熙？怎麼了嗎？」

「心澄……我回台灣了。」俞涵熙悶悶的嗓音帶著濃濃鼻音。

「咦？怎麼這麼突然？發生了什麼事嗎？」她關切地問。

「我和凱傑吵了一架，我太生氣了，所以我前幾天就回來了。」說著俞涵熙還吸了下鼻涕。「我現在在居家檢疫，只是想要通知妳我回來了。」

「妳在哪裡檢疫？有需要什麼嗎？」她關切地問。

「我在新店，某個人的別墅，哼。這裡環境很好，也有人幫忙打理吃的，但就是有點偏僻，連外送都沒得叫。我現在好想吃鹽酥雞喔！香港沒有鹽酥雞，連米血糕都沒有，好久沒吃了。可惡的李凱傑，也不想想我為了他待在香港多犧牲，連鹽酥雞都沒得吃，還敢這樣跟我吵架。」說著她又抽噎了起來。

「妳想吃鹽酥雞呀？我現在送去給妳呀。」看她哭哭啼啼的，若一包鹽酥雞就能哄她開心還算簡單。

「真的嗎？」俞涵熙立刻破涕為笑。「心澄謝謝妳。」

掛了電話，錢心澄對上戚瑋的眸，無奈地笑笑。

「送完番茄，我現在要去送鹽酥雞，好像外送員。」她自嘲了一下。「那我先走囉！」

她轉身按了電梯進到裡面，戚瑋一個跨步伸手擋住正要關上的電梯門，跟著走進電梯內。

電梯門闔起，錢心澄詫異地看著站在一旁的他。

「妳吃飯了嗎？」他問。

❀

為了俞涵熙欽點的鹽酥雞，兩人在事務所附近找了有內用位置的鹽酥雞店打發晚餐。

點好餐就坐，戚瑋鬆開領帶放到公事包內，解開領口鈕扣的瞬間才從整天的忙碌中釋放，從束縛解脫的他揉了揉太陽穴看起來有些疲憊。

「今天很忙嗎？剛剛遇到你同事，她說你今天出外洽公。」她問。

「嗯，今天去新竹一趟。」他簡單地答道。

剛炸好熱騰騰的鹽酥雞送上桌，他遞了根竹籤給她。

接過竹籤，錢心澄慢慢開口道：「昨天很不好意思，本來約好了又因為我臨時要加班取消，抱歉。」

沒想到她會直接了當地道歉，戚瑋挑起一邊的眉有些意外，但既然她都直說了，他不妨也明講。

「昨天我到了妳公司後才看到訊息……我有看到妳。」他挑了塊鹽酥雞送入口中。

「咦？那你怎沒叫我？」錢心澄滿臉疑惑，在腦海裡搜尋昨天的影像，努力回想有沒有他的身影。

「我在車上。而且妳旁邊有人，可能不方便打擾你們。」他輕描淡寫地說。

她旁邊有人？錢心澄皺眉細思半晌才恍然大悟他指的是誰。

「你說張經理？」她道。

原來那個人就是張經理。戚瑋想道。就是那個一直只聞其名不見其人的張經理啊。竹籤戳向百頁的手勁不知怎地突然特別加重。

「昨天老闆臨時安排飯局跟張經理應酬談案子，我下班要過去時發現他剛好在大廳，所以才跟他一起搭車去餐廳。」深怕他誤會，她急忙澄清。「只是工作的客戶。」

老實說他倆現在不過就是朋友關係，硬要攀個層級上去也頂多就是老朋友，錢心澄沒必要跟他解釋什麼，但她神色認真跟他說明的模樣，卻奇妙地紓解了他心中某個莫名的糾結，讓他原本因疲憊而緊繃的俊臉線條和緩不少。

「快吃吧。」見她還沒開動，他提醒道。

錢心澄選了米血糕，外酥內軟的口感讓她滿足得不得了。

「好好吃。」她忍不住讚嘆。

戚瑋的手機震動了下，他瞄了一眼，是李凱傑傳來的。

「我回一下訊息。」

錢心澄點了點頭，邊吃鹽酥雞邊看他對手機敲敲打打回覆訊息。

原來昨天他有看到她和張哲軒一起搭計程車呀，她還以為戚瑋是因為她臨時取消約會所以才不開心呢。

咦？等等。錢心澄一愣。所以他不開心不是因為她取消行程，而是因為他看到她和張哲軒在一起？

這突如其來的想法像串鞭炮在她腦袋中點燃，炸得她一時失神，呆若木雞地望著戚瑋。

「嗯？」戚瑋回完訊息放下手機，發現錢心澄目不轉睛地盯著自己。「怎麼了？」

「沒、沒事。」回神過來的她面露尷尬。

她在想什麼呀，這是往自己臉上貼金嗎？

「你昨天沒回我訊息是因為太忙吧？」像是要說服自己般，她問。

戚瑋單眉一挑，看向她卻沒回答。

「還是……不高興我臨時取消約會？」她知道自己真正想問的不是這個，但她卻開不了口。

「都是，但也都不是。」他模擬兩可地答道。

天啊，這什麼回答啊！錢心澄無聲地在心中吶喊。這啞謎般的答案是要她怎麼解啊！

見錢心澄藏不了心事面露苦惱，戚瑋忍不住莞爾一笑。逗逗她還真有趣，一天的疲累都消散不少。

兩人吃完鹽酥雞後，老闆將兩人另外點的外帶送過來，戚瑋拎住袋子起身。

「走吧。」

「咦！你要送我過去嗎？這樣怎麼好意思。」俞涵熙在新店，這樣對他來說是繞遠路。

「等妳搭車過去都冷掉了吧。」戚瑋道：「走吧。」頭一擺示意她跟上。

跟在他身後，望著那高挑的背影，她的粉唇悄悄揚起一抹甜。

❀

原本午後稍緩的雨勢又突變滂沱，無論雨刷再怎麼賣力搖擺身軀，車前的景象除了朦朧燈光外只見一片白茫。經過新店市區，車子沿著蜿蜒的山路而上，山壁邊的路燈在滂沱大雨下只剩一圈慘淡光圈微弱地亮著。戚瑋開了遠光燈，順著導航指示左彎右拐。

錢心澄看看這渺無人煙的荒境，再看看俞涵熙傳給她的地址，想確認自己輸入導航的地址是否正確。

「涵熙怎會在這？」確認地址無誤，錢心澄半是驚訝半是納悶。

「李凱傑在這有棟別墅，應該是住在那吧。」

李凱傑在台灣的資產稅務都是他代為處理，若俞涵熙想知道李凱傑有哪些地方能金屋藏嬌，來問戚瑋還比請徵信社調查省事。

「原來是凱傑的別墅呀。」回想在電話裡，俞涵熙故意稱他為某個人，錢心澄不禁失笑。

雖然俞涵熙哭哭啼啼地說跟李凱傑吵架，但回台灣還是住在李凱傑的別墅裡，看來她不需要擔心他倆的關係。

這樣也好，不然因為疫情影響工作已經備感壓力的俞涵熙要是再遇上感情挫折，只怕她那不可告人的癮頭會失控。

隱密的山徑前方出現檢查哨，他們停車表明來意，警衛通報確認後放行。再駛了幾個彎，一棟棟庭院別墅錯落有致地林立。

循著導航找到俞涵熙的住處，大門外亮著燈像等著客人，些許微光從二樓拉起簾子的窗戶隱透而出。

錢心澄撥了電話給俞涵熙卻是未接，連播了幾次都是沒有回應。

「咦？」她看看手機，再看看二樓亮著燈的窗戶。「怎麼沒接電話呢？」

戚瑋指尖敲了敲方向盤似乎在想什麼，他拿出手機點出跟李凱傑的聊天視窗。

「戚瑋，現在疫情期間，機場還有計程車吧？」

這是剛剛跟錢心澄吃鹽酥雞時李凱傑傳來的訊息。他還以為李凱傑正準備要來台灣，原來是已經到了。

「他們應該在忙，別打擾他們了。」

戚瑋轉身從後座拿來雨傘，錢心澄還沒反應過來，他已經打開車門撐傘提著鹽酥雞下車。大雨茫茫中只見他將鹽酥雞放到信箱中，再回頭上車。

「跟她說鹽酥雞放在信箱裡吧。」

雖有撐傘，但傾盆如洩的雨勢仍是讓戚瑋溼了一身，一上車吹到冷氣忍不住打了個噴嚏。

「你這樣會感冒。」錢心澄趕緊將冷氣調小，拿來面紙盒抽了幾張給他。

「沒事。」要是他早點發現，也不用跑這一趟。人家在裡面打得火熱，他在外頭淋雨送鹽酥雞。

離開新店山區，雨勢和緩許多，抵達錢心澄的住處時只剩毛毛細雨。

「早點休息吧。」戚瑋道。

這句話本該為今晚畫上帥氣的句點，怎料他鼻子一癢，又打了個噴嚏。

「哈啾！」該死。

「你是不是感冒了？」錢心澄擔心地遞上面紙給他。

「沒事……妳早點休……」錢心澄伸出手輕貼他的額，突如其來的舉動讓他嚥回未完的話。

「你體溫有點高耶……」她臉上滿是擔憂，原本貼著額頭的手往下摸了摸他的肩頭和手臂。「你的衣服太溼了，難怪會感冒……上次你借我的衣服還在我這，要不要先去我那把衣服換下來？」

他的一雙黑眸微瞇看著她。「妳不怕危險嗎？」

「什、什麼危險？」錢心澄一愣。

她這麼少根筋嗎？「……被我傳染的危險。」

話剛說完，她的掌心又往他額上一貼。「別說些有的沒的了，你再不換衣服的話，真的要發燒了喔！趕快上來！」

她從後座拿了他的公事包下車。有了公事包在手上，不怕他不來。

見她下車後還靈巧地回過頭用公事包當誘餌對他勾了勾手指，戚瑋唇角噙起一抹笑。

既然她都不怕危險了，那他還擔心什麼。

❀

錢心澄的確不用擔心什麼，因為就算戚瑋真的心懷不軌，他也是心有餘而力不足。

借她的浴室沖熱水澡，換上乾爽的衣服後卻覺得頭昏腦沉，他發現自己真的中鏢了。腦袋像裝了鉛塊般沉重，手腳動作也變得緩慢，連想用毛巾擦乾短髮都覺得渾身無力，索性直接頭上蓋著毛巾離開浴室，看見沙發便一屁股倒下。

正在用熱水壺燒水的錢心澄聽見碰撞的聲音，轉頭一看就望見戚瑋蒙著毛巾躺在沙發上。

她伸手探了探他的額，微微發熱。

倒了杯溫水，拿了包感冒藥坐到他旁邊。「吃個藥吧！」

他依言吞了藥，喝了水，但沉甸甸的腦袋讓他除了躺在沙發上外什麼也不想做。

感覺旁邊的重量消失，錢心澄不知起身做什麼，他微睜開眼尋找她的身影，發現她拿了吹風機過來。

「你頭髮還沒乾，頭髮吹乾就可以休息了，乖。」她伸手拉他起身柔聲地道，像哄著小孩。

吹風機打開，暖暖的熱風襲面而來，她輕柔地撥著他柔順的短髮，恍惚間他好似想起了什麼。

曾有這麼一雙手偶爾會輕撫他的頭讚他好乖。

「小瑋好乖，如果你每次考試都第一名，爸爸就會帶我們回家了喔。」

埋在深處的回憶驀然竄出，他的瞳孔一縮，細長的黑眸瞬間變得淩厲。

「怎麼了？」注意到他的變化，錢心澄停下吹風機關切地問。

對上她圓亮的大眸，他突然握住她手腕，朝自己一拉。

驚訝的她一個重心不穩往他寬闊的胸跌下，他順勢以健壯的雙臂將她緊緊抱住，彷彿怕她下一秒會消失不見。

他的熱度環繞著她，暖燙鼻息灑在她敏感的頸上，撩起她嫩頰的紅潮。

她將手勾上他的頸，一對水眸迷濛地凝視著他，炙熱的呼吸從微張的粉唇溢出。

戚瑋捧起她的臉，低頭覆上她軟潤的唇瓣，原本冰冷的薄唇被她暖透，他貪戀地輕吮她的甜美，滾燙氣息像一波波海潮將她淹沒，雙唇纏綿的廝磨讓她忍不住自口中漫出嬌喘的輕哼。

像是受到鼓舞，他扶住她的頭，以身體的重量將她壓倒在沙發上，對她唇瓣的索求也變得貪婪，勾引糾纏她靈巧的小舌，惹得她幾乎喘不過氣。

她睜眼看他，原本勾在他頸上的手輕輕地撫了撫他的頭。

他停下動作，滿臉豔紅的她害羞地道：「你感冒了……」

「上來前不是警告過妳了嗎？就說會有被傳染的危險。」瞇著黑眸的他散發危險氣息，低嗓透著調情的性感。

「所以我自己引狼入室？」她故意問道。

「妳說呢？」

他嘴角一揚，低頭準備再次品嚐她的嬌美，卻被她伸手擋住。

「我還沒洗澡。」她故意噘嘴看起來無辜。「我想洗香香的，等我一下嘛。」她軟著嗓音跟他撒嬌，趁機起身。

「你休息一下，我先洗澡。」她對他甜甜一笑後轉身進入浴室關上門。

雖有些掃興，但為一親芳澤他可以等沒關係。

戚瑋靠回沙發上，突然又感到昏睏乏力，好似感冒藥開始發揮效力讓人昏昏欲睡，加上在外奔波了一天，濃烈的睏意襲來，坐在沙發上的他眼皮沉重。雖還惦記著錢心澄，一顆頭點著點著努力想抵抗周公召喚，但不知不覺間便遁入夢鄉。

洗完澡，穿著棉製睡衣睡褲的錢心澄離開浴室，用毛巾擦著仍溼的頭髮，看見躺在沙發上已酣然入睡的戚瑋，她忍不住噗嗤一笑。

果然跟她想的一樣，在她洗澡的期間感冒藥就會發揮藥效，派遣周公來找他陪下棋了。

睡得深沉的他呼吸又長又深，看來他真的累壞了。

錢心澄拿來毯子替他蓋上。見他睡熟，蔥白的指尖忍不住輕輕地撫了撫他厚實的胸膛，對剛剛環繞著自己的溫度仍有一絲眷戀。

洗澡是她故意使出的拖延術。她的確對他動心，卻怕一時激情會如燦爛的煙花一閃即逝。比起瞬間璀璨，她更希望細水長流。

「晚安。」她輕輕地在他的額上啄了一吻。

❀

下了公車，少年戚瑋走向回家方向，側背的書包裡放著今天發的模擬考成績單，一如以往幾乎科科滿分。他看了看錶，應該還趕得及在媽媽出門上班前拿給她看。

從他幼時有記憶以來，媽媽總是在清晨帶著一身酒氣回到家，然後會打電話不知道給誰，對著電話又哭又罵。有時掛了電話，哭得一臉狼狽的媽媽看見他站在一旁也會罵他。

「都是你害的！早知道就不要生下你了！」

他很難過，是因為他的關係才讓媽媽不開心嗎？

但媽媽也有開心的時候，就是看到他拿滿分的考卷回家時。

「小瑋好乖，要繼續考一百分喔！這樣爸爸就會帶我們回家了！」

媽媽還會高興地買養樂多給他喝，從此在他小小的腦袋裡就知道了，只要他繼續考一百分，爸爸就會帶他們回家，媽媽就會開心。

他上了國中後，媽媽更是耳提面命提醒他一定要考上第一志願。

「等你考上建中，我看老太婆還捨不捨得放她金孫在外面不管。」

對他來說，媽媽口中的什麼爸爸跟老太婆他根本毫無興趣，所謂的「爸爸會帶他們回家」他不知道是什麼意思，也不是很在意，認真讀書考一百分只是因為喜歡看到媽媽高興的樣子。這也是他唯一能讓她開心的方法。

成績優異的他上了國三，早被學校視為穩上第一志願能漂亮拉高升學率的王牌。日子越接近大考，模擬考就越頻繁，忙於準備考試的他卻覺得似乎哪裡不太對勁。

好像是下學期開始吧，媽媽看到他幾乎滿分的成績單雖然也是會滿意地點點頭，卻不像以前那麼開心了，媽媽的笑容好像分給了其他東西。而且媽媽身上也好一陣子沒有酒氣了，有時他還會看到媽媽講著手機笑得很甜，是他不曾見過的甜蜜。

為什麼呢？即使最難的數學幾何題在他筆下也能兩三下就輕鬆解決，但對媽媽這微妙的轉變，少年戚瑋卻解不出來。

走到家了，踏進老公寓大門，爬上五樓，開門。媽媽的鞋子還擺在門口。他嘴角隱隱一笑，一手掀開書包準備抽出成績單拿給媽媽。

「咦？」看到客廳內的景象，他頓下動作。

三個大行李箱擺在客廳中間，媽媽坐在沙發上似乎在等人。

媽媽本來就是美人胚子，今天特別梳妝打扮過的她更是精緻漂亮。

看見他，媽媽揮手喚他過來。

「小瑋，來。」她拍拍身邊的位置示意。

戚瑋不知道媽媽想幹嘛，收回原本想拿成績單的手，默默地坐到她身邊。

「小瑋，你房間的東西收一收，爸爸晚點會來接你。」

戚瑋渾身一僵，不太確定剛剛媽媽說了什麼。

「有聽到嗎？」見他動也不動，媽媽問。

「妳也是嗎？」難道這就是從小時候媽媽一直說的「爸爸會帶我們回家」嗎？

「傻小子，我怎麼可能去？」她揉了揉他的頭。「你去爸爸那邊，那個老太婆一定會疼死你，白給她一個這麼優秀的孫子了。」

「……妳要去哪？」他覺得喉嚨好乾，每講出一個字都好吃力。

媽媽的嘴角揚起一抹笑，甜得像摻了蜜。「媽媽要結婚了，那個叔叔對媽媽很好，你不用擔心。」她伸手摸了摸腹部，表情滿是幸福。「媽媽的人生要有新的開始了。」

他的腦袋像被灌了水泥般動彈不得，半晌後只聽見媽媽再道：

「等下叔叔會先來接我，你就在這等你爸，聽到了嗎？」

戚瑋慢慢地恢復了思考能力，他緩慢地開口一字一句地道：

「妳要丟下我？」

他面無表情地看著她，仿若無聲地指控。

「什麼叫做丟下？」媽媽的嗓音變得尖銳。「你知道因為你我吃了多少苦嗎？多少人想追我，一聽到我有小孩就連滾帶爬跑走。要不是因為你，我可以過得更好。現在好不容易對方不在乎我的過去，你不要給我搗亂。你跟著你那個有錢的老爸可以吃香喝辣，還有什麼不滿？」

戚瑋冷著一張臉，安靜地起身走回自己房間將房門帶上。

他抓住肩上的書包用力甩向牆壁，書包裡厚重的參考書、筆盒、資料夾飛散了一地，那張考了幾乎滿分的成績單慢慢地在空中打轉盤旋而後慢慢落地。

戚瑋衝上前抓住成績單，將它撕得粉碎。

什麼都不要了，什麼都沒有了，原來這世上沒有人要他。

他跪到地上，從臉頰滑落的淚珠一滴一滴地落到膝頭。

一聲要將天空炸破的響雷忽地轟隆而下，窗外雨聲劈里啪啦如彈珠掉落，沙發上的戚瑋猛然睜眼。黑暗中只聽見他急喘的呼吸聲，心窩一陣被齧咬的刺痛讓他不自覺用手抓住胸口。

都過這麼久了，怎麼還會夢到這些事情。

平穩住呼吸，自沙發上起身，一時間有點迷茫自己身處何處，待眼睛習慣黑暗，看見在床上熟睡的錢心澄，他才想起斷片前的記憶。

安靜地移動到她床邊，沉醉在夢鄉懷抱的她睡得安穩。他伸手輕撫她圓嫩的臉頰，輕點豐潤的粉唇感受她的柔軟。

她的美好溫暖撫慰了他黑暗的一隅，但她又能在他身邊多久？

心中那道深不見底的傷痕，他包裝封箱埋得好深才能裝得若無其事正常生活。錢心澄照亮了他，走進了他的心裡，卻也碰觸到了那只塵封的箱子，裡頭的怪獸敲得箱子咚咚作響，彷若窺探著時機準備一舉而出要將他再次吞沒。

他縮回手，黑眸黯然。

轉身收拾東西，他安靜無聲地開門離開。

七、我喜歡妳，但也只能僅此而已

上班日的早晨，位於商辦大樓一樓店面的咖啡廳顧客絡繹不絕，辦公前需要來杯咖啡醒腦的錢心澄也排在隊伍中。

拿著手機排在人龍中，螢幕畫面是她跟戚瑋的對話視窗。

「你什麼時候走的？」一早醒來，他已不見。

「想到早上有晨會，所以先回來準備。」

對他的說詞有些半信半疑，今天還沒七點起床已不見他人影，他究竟是多早起？但既然他都搬出工作，她也不好再多問什麼。

「感冒好點了嗎？」她關心地問。

「嗯。我先忙了。」

對話結束，不知道為什麼跟昨天的熱度比起來，他似乎有些冷淡，還是自己多心了呢？她有些悶悶地想著。

「錢小姐，好難得看到妳！小芬休假嗎？今天想喝什麼？」店員爽朗的招呼聲喚回她的思緒。

「是啊，她特休，我只好自己來買囉。」錢心澄一笑。「一杯熱拿鐵，謝謝。」

結帳取單，她走到一旁等咖啡，滑開手機查看今天的工作事項，在腦中排序處理的優先順序。

「心澄？」一個試探的低喚聲在旁響起。

錢心澄循聲望去，映入眼簾的男子帶著無框眼鏡，黝黑壯碩的身形有些眼熟，但一時間又想不起是誰。

「真的是妳，好久不見了！我是阿強，社團的學長啊！」他臉上滿是故人相逢的喜悅。

錢心澄微愣了下，慢慢地才在腦海中提取出關於阿強這個人的記憶。

「學長，」她面露燦笑。「你怎麼在這？真的好久不見了。」

「我來跑客戶。」阿強從胸口掏出名片遞給她。「妳呢？現在在做什麼？」

她接過名片仔細查看，是保險經理。錢心澄收下名片，也拿出自己的名片與他交換。

「我在公關公司工作，學長若有需要可以跟我聯絡。」

阿強接過一看不禁大笑。「這句話是我要說的吧，我又不是什麼明星政要，哪會需要公關。」

「別這樣說，如果你的小孩想看Baby Shark演唱會，我說不定還真的能弄到幾張公關票呢！」她打趣道。

阿強臉上一驚。「妳怎麼知道我結婚有小孩了？」

錢心澄比了比他左手無名指上的戒指。「看到這個，十之八九都是人夫了吧！」

「哈哈哈，妳還是一樣聰明伶俐。」怪不得當初他會對她心動，只是出師未捷身先死啊。「那妳呢？當時那個男朋友還在一起嗎？」

「男朋友？」她詫異地問。

她怎麼不記得自己以前跟阿強介紹過自己有男朋友。

「跟妳一起在餐館打工的那個帥哥啊！有一次我不是想約妳去吃晚餐，你男朋友走出來問我說：『請問找我女朋友有什麼事？』，我看他那個表情，只差沒賞我一拳而已。」想起以往的趣事，阿強笑得開心。

錢心澄的大眼一瞪。原來那時戚瑋說了這樣的話啊！當時她一直纏著戚瑋想知道他到底說了什麼，事隔多年，終於聽到了答案。

「他……」錢心澄欲言又止，也不知道該怎麼給兩人現在的關係下定義，末了只聳了聳肩微微一笑。「我們現在還不錯。」

「你們也在一起很久了，應該很穩定了吧？那我就等妳好消息啦！」他看了看錶。「我差不多要走了，跟客戶約的時間要到了。再聊！」

錢心澄笑著跟他揮手再見。

「錢小姐，妳的拿鐵好了喔！」

接過拿鐵道謝，她輕踩跟鞋離開，腦中迴盪著剛剛阿強說戚瑋自稱是她男友的事，唇瓣揚起一抹甜蜜的弧度。

結果出乎意料地，那晚之後兩人近兩個禮拜沒什麼聯繫。戚瑋似乎很忙，錢心澄發了幾次訊息給他，獲得的都只是簡短回應。雖有些納悶，但美萊雅的新企劃展開後讓錢心澄忙得不可開交，便緩下了聯絡。

❀

今天工作意外清閒，看了幾個提案都不錯，專案進度也在掌握中，再交代了幾件事給下面交辦後似乎沒什麼事要處理了，難得錢心澄可以當薪水小偷在上班時間偷偷逛個購物網站。

「養樂多新品上市推廣組合，豆漿買五送一」

一行標題吸引她的目光。

憶及戚瑋愛喝養樂多，不知道他怎麼會喜歡喝這種小朋友愛喝的飲料呢？外表冷漠俊逸的他配上養樂多，一股反差萌油然而生，勾起她唇角的線條。

想到他，才思及兩人有一陣子沒聯絡了，不知道他是不是還在忙？

瞄了眼一旁的手機，她靈活的大眼轉了轉，拿過手機輸入訊息。

「最近還忙嗎？晚上要一起吃個飯嗎？」傳給戚瑋。

過了片刻，訊息捎來，卻是讓她失望。

「今天有約了。」

簡短的幾個字像無情的砲彈擊沉她原本亮在臉上的微笑。

盯著螢幕，希望他再傳句「下次再約」之類的字句過來，但幾十分鐘過去卻毫無動靜，看來真的就只有這五字。

她失望地放下手機，本以為這麼久沒聯繫，可以得到他熱情一點的回覆。記得以前約戚瑋吃飯，就算他在忙仍是會積極地另約時間，怎麼現在跟以往不同呢？是她多心嗎？

胡思亂想之際，手機響起，她心中升起一絲喜悅。該不會是他打來要約下次吧？

但一看，是俞涵熙。

才出現不到幾秒的開心又像洩氣的皮球一樣消失無蹤。她真的想太多了。

「喂？涵熙？怎麼了？」接了電話，錢心澄依舊保持著開朗有活力的聲線。

「心澄！我出關啦！我跟凱傑想約妳吃飯，謝謝妳在我檢疫時那麼照顧我，還幫我送鹽酥雞來。」俞涵熙天真無邪的嗓音嬌嬌嫩嫩，就算只聽聲音也感覺得出完全是個被寵愛環繞的小女人。「妳今晚有空嗎？」

「今天晚上可以呀，要約哪？」被戚瑋拒絕，但有俞涵熙填補空缺也還不錯。

「凱傑會安排人接妳……哎喲我在講電話你不要鬧啦！很癢啦！」俞涵熙突然甜甜地嬌嗔。

「那心澄我們等妳下班見囉！」她快速地結束通話，但餘末幾句話仍是透過手機飄了過來。「你好討厭，幹嘛一直弄我……」

圍繞著俞涵熙的幸福光芒彷若透過聲音傳遞而來，錢心澄望著戚瑋那則簡短冰冷的回覆，突然覺得有些刺痛。

戚瑋忙嗎？當然忙，畢竟上半年是事務所最忙碌的旺季，但如果他想，還是可以排開工作。像久未見面的李凱傑約他吃飯，他仍是抽出時間成行。

看看時間差不多，交代了些事情給珠姨，他離開事務所取車赴約。

剛駛離停車場，李凱傑傳了訊息過來，叮叮叮的訊息一條又一條地在螢幕上出現。

「老兄，你出發了吧？」

「順便幫我接個人過來吧，新找的司機不靠譜臨時請假。」

「地址在這，謝啦！」

戚瑋眉一挑，怎不知道他還約了別人。

又叮一聲，地址傳來，他一看，眉心頓時鎖緊。

❀

停在錢心澄的公司大樓門口，戚瑋顯得有些浮躁。

早先才拒絕了錢心澄的邀約，沒想到李凱傑、俞涵熙兩人還約了錢心澄，甚至派他來接她赴約，這不表明了其實他有空，只是不想見她嗎？

看見錢心澄坐在大廳的會客椅上，她跟鞋半脫，腰微彎撫著後腳跟，沒注意到戚瑋的車停在外頭。隔著距離，他目不轉睛地凝視著她。

他知道自己想念她，這些時日她嬌俏的模樣總會從腦海中跳出對他甜笑。滑開通訊軟體時，眼神也會不自覺地落在她甜笑的大頭照上，甚至幾次點開跟她的聊天室幾乎想說些什麼，但到了最後一刻，仍是讓理智壓制住了衝動。

他渴望擁有她，卻也害怕。曾被拋下的痛太深，他跨越不出那一步。既然知道自己無法給予她什麼，到頭來只會傷害她，不如就慢慢地淡掉，慢慢地自她生活中淡出，身邊不乏追求者的她應該很快就會忘記有他這個人。這是他自覺最好的方法，也是他刻意冷淡的原因。

但這計畫卻被李凱傑打亂，他的嘴角不禁一沉。

可既然都來了，該面對的還是要面對。

「我到了，上車吧。」他傳了訊息給她。

錢心澄拿出手機一看，面露驚訝，抬頭望見戚瑋的車，臉上寫滿意外。穿回鞋子，她慢慢地跺步朝戚瑋走來，模樣又驚又喜。

「涵熙有說凱傑會安排人來接我，沒想到是你。」上了車，一張小臉掩不住喜悅，似乎把這當成驚喜了。

我也沒想到會是我。戚瑋心想。見她滿臉笑意，暗忖還好她沒想太多。

「最近很忙嗎？」她關心地問。

「……還可以。」

「沒想到他們也約了你，真意外。」意外能見到他，讓她有些開心。

「嗯。」

戚瑋連續的簡短回應讓錢心澄察覺到有些不太對勁，轉頭凝視他。

「你還好嗎？」

「很好。」

又是簡扼的回應，她的每個關心都被他冷漠地畫上句點。錢心澄忍不住面露失望，收回視線看著前方，不再作聲。

寧靜的沉默壅塞在車廂內，戚瑋瞄見她臉上的落寞，握著方向盤的手勁一緊。

可惡。他的確是刻意想疏遠她，但見到她臉上的失落，他胸口又是一陣緊悶。

「妳的腳怎麼了？」注意到她走向車子時姿勢不太自然，以及她在大廳揉腳跟的那幕，他開口問，刻意平板的語調不想讓自己的聲音顯露太多情緒。

「新鞋子咬腳，有點破皮而已。」沒想到他注意到自己走路的異樣，錢心澄有些驚訝。

戚瑋沒回話，繼續專注在駕車上，視線注意著周遭兩旁。

錢心澄心中滿是疑惑，不解他為何表現冷漠卻又語出關心，究竟他在想什麼？

突然他靠邊停車，停在一間藥妝店前，再回到車上時拿了兩盒東西給她。

一盒腳跟防磨貼和一盒OK繃。

「謝、謝謝。」

錢心澄一愣。他的貼心本該讓她心窩一暖，但言行舉止間刻意的冷淡卻讓她摸不著頭緒，越發不懂他。

握著方向盤的戚瑋嘴角緊抿，一言不發。想與她拉開距離，卻又無法克制自己對她坐視不管，真是該死。

一路上沉默無語的兩人抵達竹子湖附近被一片蓊郁包圍的私人會所，參天的林木圍繞著一棟歐風小木屋，暖黃燈光從木造的窗櫺流洩而出。

服務員領兩人入內，李凱傑與俞涵熙已在內等候。

「心澄！」俞涵熙開心地上前擁抱錢心澄。「好久不見，我好想妳唷！」笑容甜蜜蜜的她像個小女孩般純真。

錢心澄望著略施脂粉的俞涵熙仍如往常亮麗動人，氣色紅潤的她更顯嬌豔。

她仔細聞了一下俞涵熙身上淡雅的清香，驚喜一笑。「涵熙，妳戒掉了嗎？而且妳氣色看起來好好，更美了！」

俞涵熙睨了眼一旁跟戚瑋敘舊的李凱傑，將錢心澄拉到一邊，細聲道：「我上次跟凱傑吵架就是因為他從幾個月前就開始逼我戒掉。我那時真的好氣，我壓力那麼大，抽一點點放鬆又不會怎樣，但我又爭不過他，所以就賭氣回來。不過後來想想，其實他也是為我好，而且妳說我氣色變好，我也覺得好像真的有那麼一點。」

美貌對女明星來說就是演藝事業的基石，雖然李凱傑下禁令是為她著想，可是心裡的癮頭尚無法戒除頗為難受，但現在換得被錢心澄稱讚，表示她的努力是值得的，臉上的笑靨更是如花嬌豔。

瞄了眼明明行為舉止吊兒郎當卻對俞涵熙一往情深的李凱傑，錢心澄轉頭回望俞涵熙的臉上露出一絲羨慕。「凱傑真的很愛妳呢。」

她的目光不自覺落到戚瑋身形頎長的背影，思及他的體貼卻又冷淡的態度，眼裡的思緒複雜地流轉著。

「欸，老兄，臉怎麼那麼臭?見到我不開心啊？」另一端，李凱傑搭著戚瑋的肩問。

從一進門戚瑋就僵著一張臉不說話，雖然他知道他這老朋友本來就有點面癱，但以他對戚瑋的了解，沒反應又不講話肯定是在不爽什麼事。

戚瑋冷冷睇了他一眼。「怎麼沒說你還要約別人？」

若他知道錢心澄會出現，或許不會答應跟李凱傑的飯局。

意會到戚瑋所指何人，李凱傑面露驚訝。「涵熙說她想約心澄，我記得你們兩個也認識，想說你應該不會介意。」

李凱傑只知道他們是舊識，卻不清楚他倆之間的關係。

「你不喜歡心澄？」李凱傑有些詫異。

雖然他與錢心澄沒有深交，但就他看來，錢心澄漂亮聰明又大方一向討人喜歡，尤其是男人都喜歡，難道是得罪了戚瑋？

「那也沒關係，我就跟涵熙說我們想去別的地方喝一杯。」再這樣的話就真的太明顯了，他還是沒辦法不顧及錢心澄的感受。

戚瑋不耐地嘖了一聲。「不用了，吃飯吧。」說完自顧自地往餐桌走去。

李凱傑有些疑惑地看著他難得浮躁的樣子，回頭望見錢心澄凝視著戚瑋背影的眼神似水流轉，滿溢著複雜的情思。

他轉左看了看戚瑋、再轉右看了看錢心澄，瞬間一道電光石火在腦中閃過。

李凱傑忍不住咧嘴一笑。

❀

鍍金餐具鋪在皎白桌巾上，頂頭水晶燈照耀閃爍著奢華的光芒，四人走近餐桌，戚瑋表情雖僵冷，仍紳士地替錢心澄拉椅讓她入座。

賓客就座後，服務生殷勤有禮地遞上菜單，親切詢問。「請問餐前酒想喝什麼呢？」

李凱傑看向對面的戚瑋和錢心澄，嘴角揚笑。「兩位是客人，你們挑吧。」

「我開車。」戚瑋簡短地道，直接略過前面的酒單，翻到餐點部分。

「還是凱傑挑吧，你對酒有研究，我想嘗試看看你心中的最佳酒單。」錢心澄笑瞇瞇地回應。

「心澄講話就是這麼動聽，這麼好的女生，別跟我說妳還單身欸，那就太可惜了！」李凱傑誇讚道。

錢心澄粉唇含笑不語，眼眸卻不自覺瞥了眼身旁的戚瑋。

知道她注視著自己，戚瑋卻仍停眸在菜單上。他沒把握對上她清亮的水眸後，仍可以撐住刻意築起的武裝。

「我有幾個朋友還不錯，等疫情解封後妳來香港，介紹幾位給妳認識。」李凱傑轉向俞涵熙。「介紹子謙給心澄如何？我記得妳對他印象也不錯。」

俞涵熙正要開口附和李凱傑，卻被戚瑋打斷。

「我有點餓了，想先點餐。」他銳利的眼神掃過李凱傑，嗓音冰冷得如千年冰山。

「哈哈哈哈，」李凱傑大笑出聲，臉上的笑特別開懷。「你看我這個話癆，都忘記了，失禮失禮。大家先點餐吧，別餓壞了。」轉頭向服務員道：「先來瓶零八年的Dom Pérignon，謝謝。」

「聽說伯父最近在籌備基金會，不知道準備得如何？」點完菜，李凱傑向戚瑋詢問他最近聽到的消息。

「申請的事宜都差不多了，剩辦事處還沒落定。」他最近的忙碌有一半也歸功於這件事。

「我在八德路投資的那間商辦，你覺得如何？」談到生意，李凱傑眼露精明。

明瞭他的意思，戚瑋順水推舟道：「下週開會，我再跟他提。」

「好兄弟，靠你啦！」李凱傑拿起水杯敲了他的杯子一下表達謝意。

「現在成立基金會節稅不像以前那麼好做了，看來伯父是真的想回饋社會，真是善心人士。」

「是吧。」他淡淡地附和。「想回饋社會的人不少，但更多是沽名釣譽的人。」

他像是侃侃而談，錢心澄側頭望著戚瑋，卻在他微揚的唇角看見一抹輕蔑。

服務員拿香檳走來，遞到李凱傑面前請他確認是他點的二〇〇八年出產的Dom Pérignon。

「嗯，謝謝。」確認無誤，示意服務員可以開瓶。

服務員撕開錫箔封膜，旋開鐵絲蓋後移除，就在這時，突然「咚」一聲軟木塞瞬間噴開，香檳瓶口角度正對著錢心澄。她一驚，下意識閉起眼以手遮臉，接著聽見一聲低沉的撞擊聲。

她維持了這樣的姿勢幾秒，發現自己沒被木塞打到，才放下手緩緩睜開眼，卻看見戚瑋擋在自己面前。對面的俞涵熙吃驚地張大嘴巴，李凱傑一臉看好戲，服務員臉色慘白。

「先、先生真的非常抱歉，我馬上去拿冰敷袋給您。」服務員慌忙地鞠躬表示歉意，趕緊去拿冰敷袋。

「妳沒事吧？」他側過臉確認她有無受傷。

「你、你的額頭！」見他右額紅腫一塊，錢心澄驚呼出聲，伸出手指想替他揉揉。

「……我沒事。」她沒受傷就好。

戚瑋移身回到自己的座位上，但還是忍不住伸手揉了揉自己的右上額。

該死，還真有點痛。

「你、你還好嗎？」這才意識到他替自己擋下彈飛的木塞，錢心澄的眉眼滿是心慌。「有沒有打到眼睛？沒事吧？」

雖然額頭還痛著，但他仍是放下揉傷的手想讓她放心。「沒事，額頭而已。」

「心澄不用擔心，戚瑋沒事。」李凱傑臉上的笑更深了，意味深長地瞥了戚瑋一眼。「最重要的是妳沒事。」

聽出李凱傑的意有所指，戚瑋對上他的眸，眉頭一擰頗有警告的意味。

看來被發現他在調侃他了，李凱傑識趣地收斂，畢竟他的商辦能不能租給戚尹默還得靠戚瑋牽線。

「冰敷一下吧。」錢心澄接過服務員遞來的冰敷袋想幫他敷上，攬在心中的不捨與歉然都寫在臉上。

「我自己來就好。」他接下冰敷袋，自己按著額頭。

她滿溢心疼而微紅的眼眶在他心底揚起一陣沙塵，模糊了原本在心裡刻意畫開的防線。

他的黑眸一柔，細聲安慰道：「沒事，不用擔心。」

又再感受到她熟悉的溫柔，對上他輕柔的眼眸，錢心澄笑瞇的彎月眼閃著水亮。

李凱傑與俞涵熙交換了個眼神，露出了然於心的笑。

「涵熙，心澄知道妳最近新接的工作嗎？」李凱傑拋出話題，不然只怕眼前這兩位要入定到粉紅泡泡的世界去了。

「對耶，心澄，我還沒跟妳說，那個周天王要找我合作拍新歌的ＭＶ喔！」俞涵熙難掩興奮地跟她分享。「我好開心喔！而且聽說要去墾丁取景呢！」

錢心澄流轉的目光在戚瑋俊逸的臉上停留些會兒後，才不捨地轉回身子面對俞涵熙。

「那恭喜妳了，你們兩個合作一定會掀起討論。」她舉起香檳杯，與俞涵熙碰杯祝賀。

一旁的戚瑋手按冰敷袋，望著笑語盈盈的她陷入沉思。

❀

晚餐在愉快的氣氛下落幕，俞涵熙上洗手間補妝，戚瑋往停車場取車，錢心澄與李凱傑在門口閒聊。

「謝謝你們的招待，今天很開心。」錢心澄說。

「不客氣，涵熙之後還要麻煩妳照顧了。」李凱傑頓了一下，笑著多加一句。「還有戚瑋也是。」

「咦？」錢心澄一愣。

「看來妳跟戚瑋的關係很深。」他意有所指地說。

知道李凱傑是聰明人，既然都已被他看穿，若想裝傻帶過說不定還落得被他挖苦。

錢心澄淡淡一笑道：「可能也沒有你想的那麼深，我不知道他在想什麼。」

話說得很輕，卻字字屬實。他時而柔情時而冷漠、時而靠近時而疏遠，她猜不透他的心思。

「嗯……」李凱傑摸了摸下巴半晌才道：「戚瑋是個事情藏很深的人，即使我跟他認識這麼久，也沒聽他說過什麼自己的事。」

他偏頭對錢心澄一笑，頗有鼓勵之意。「但如果是妳，應該沒問題。」

想到戚瑋雙眸對她流露的溫柔，那小子根本早就中鏢了，淪陷只是早晚的問題而已。

「我自己都不確定的事，你怎那麼篤定。」錢心澄難得對李凱傑語帶調侃。

就她看來，李凱傑就是看別人吃米粉喊燒，湊熱鬧而已。

李凱傑的眸心泛笑，一副當局者迷，他好心指點迷津的模樣。

「妳不知道戚瑋在想什麼，但我看，他想的都是你。」對上錢心澄想反駁的眸，他繼續道：「肉身擋木塞，妳以為他是《駭客任務》裡的基努李維，武功高強說擋就擋啊？不就是注意力都在妳身上，反應才那麼快。」

一番犀利的言詞堵得錢心澄語塞。李凱傑說的不無道理，但她不願多想，就怕期望越高、失望越深。

見錢心澄眼眸閃爍著難言的思緒，李凱傑轉而寬慰道：

「我以前也不相信這些事，但後來……」他手插口袋轉身望向會所裡頭，原本吊兒郎當的聲線突然溢出寵愛。「我信了。」

錢心澄循著他的視線望去，正是嘴角含笑的俞涵熙朝他們款款走來。

就在同時，戚瑋的車也駛到了門口。跟兩人道過再見，錢心澄上車離去。

「跟心澄聊什麼呀？笑那麼開心？」看著滿臉笑意的李凱傑，俞涵熙好奇地問。

「沒什麼。」摟住俞涵熙，看著戚瑋的車消失在夜色中，李凱傑嘴角哂笑。

「聊《駭客任務》而已。」

❀

「你的額頭，還痛嗎？」上車後第一句話，錢心澄視線頓在他的右額上。

「沒事了。」還好有認真冰敷，雖還有些紅腫，倒不至於瘀青。

「謝謝你……」想起方才李凱傑說的話，她仍是有些遲疑，想要再說些什麼卻語塞。一向精明果斷的自己竟對眼下微妙的狀態束手無策，錢心澄不由得暗自苦笑。

「會冷嗎？」眼角餘光瞥見她抱胸不動，以為空調太冷，戚瑋伸手調整了下溫度。「後座有外套。」

「不會。」又是這樣的觀察入微和貼心，充斥在她腦海間的疑問幾乎就要脫口而出，但克制住衝動，錢心澄視線轉望窗外。

前方紅燈亮起，停住車子，戚瑋拿過後座的西裝外套蓋在她身上。

「別感冒了。」他淡淡地說。

蓋在胸前的外套，專屬於他的氣息若有似無地縈繞著她，勾起了那一天的畫面。兩人炙熱的擁抱、貪戀的親吻早已踰越了友誼的界線，而他不時的體貼與細心更是一而再、再而三地撩人心弦，聰明如他絕對不會不曉得自己的舉動多容易引人遐思。

「你對我太好了。」她一雙水亮的眼眸凝視著他俊逸的側面。「好到會讓人誤會。」

綠燈，本該順暢的起步卻微頓了一下。戚瑋不動聲色繼續踩足油門。

「抱歉。」直視著前方的他語氣沒有起伏地道：「讓妳困擾了。」

他知道若無法給予她回應，自己就該停止那些關心的舉動，可偏偏他刻意武裝起的冷漠在她面前毫不管用。

讓她困擾了？意思就是她自己想太多了？怎麼這樣的場景如此似曾相識？她是不是又演了同樣的戲碼？名叫自作多情的戲碼？

「呵呵，」她突然一笑，那笑卻滿是自嘲。「果然跟我之前說的一樣，只有我會錯意。」

「我好白痴。」她裝作無謂地笑道，卻覺得眼睛發酸。

行駛的車子突然停靠在路邊，戚瑋轉身望她，眼眸沉鬱。

「我說過，妳沒有會錯意。」他不想看到她那樣嘲諷自己。

錢心澄一愣，還來不及消化這句話的意思，他又接著道：

「但也只能僅此而已。」

「什麼意思？」一雙秀眉不解地擰起，他的啞謎太難懂了。

她就在眼前，只要他跨出那一步，就能擁她入懷，但撕碎的成績單散落在腳邊的畫面仍舊那麼清晰，被拋下的傷痕依舊抽痛。與其曾經擁有卻失去，他寧願選擇一開始就不曾擁有。

「我沒辦法給妳任何回應。」見到她眼眶泛起酸楚，他明白自己終究還是傷害了她，他喉頭乾澀低啞道：「抱歉。」

「這樣到底算什麼？」她喃喃地道，望著他的眸透著不解。

靠近的人是他，推開人的也是他，難道他只是樂於享受曖昧的相悅？

希望威瑋能再說點什麼，但他只是別過眼看著前方，擱在方向盤上的手緊握成拳。

得不到回應，錢心澄的雙眸積滿淚水，眼前景象糊成一片，但她咬住下唇，不願落淚示弱。

可笑的她居然讓同樣的事情再上演了一次。笨的人是自己，居然重蹈覆轍，她還能怪誰？只怪自己又那麼輕易地把心交給了他。

她眼眸閃爍的淚光像把利刃割得他心痛。他深吸了口氣，緊握住的拳頭指節泛白，這樣才能抑制自己想擁她入懷的衝動。

手機突然響起，劃破了車內的沉默。錢心澄眨了眨眼讓眼內的水氣蒸發，深吸口氣平穩情緒。

拿出手機一看，是張哲軒。

這時間打給她做什麼呢？

「張經理您好，」整理好情緒接起電話，她嘴角揚笑，讓自己的語氣聽起來一如往常的精神奕奕。「這麼晚了還沒休息呀？」

「不好意思這麼晚還打擾妳。我透過一些方法獲得了寶詩集團下一季的行銷計畫，不過因為拿到的方式會有點爭議，所以資料不能公開。我想私下給妳看看，我們可以根據這份資料調整企劃。」

張哲軒聽起來有些神祕，寶詩集團是美萊雅在美妝市場最大的競爭對手，能拿到這份資料肯定是花了不少工夫。

「妳現在有空嗎？我在妳公司附近。」

看看時間都已快十點，這麼急著拿給她，想必是有什麼重要的內容。

「好的，我馬上就過去。」

結束通話，錢心澄收起嘴角的笑，表情木然地看著前方的路景。

「可以麻煩你送我回公司嗎？我再自己回家就可以了，謝謝。」語氣生疏冷淡。

她連看他一眼都沒有。她不想再多看一眼這張每每讓她傾心，卻又將她傷得體無完膚的俊臉。

別過眼的她沒看見他眸裡閃過的一抹黯然。

放下手煞車，踩動油門，緩緩駛動的車子消失在夜色裡。

❀

抵達公司大樓，看見張哲軒坐在大廳的背影。錢心澄將戚瑋的西裝外套掛在椅背，低垂的眸刻意不與他交會。

「謝謝，晚安。」她背起包包，開門下車。

再見兩字沒有出口，她暫時不想再見到他，而這暫時是多久她也不知道。

她本以為久別重逢的兩人再次相遇會有不同的結局，但終究只是重演了一樣的結果。

望著她下車離去，戚瑋仍是停在原地不動，凝覷她笑著跟張哲軒打招呼、談論公事的點頭沉思，他連眨眼都不願，不願錯過她的任何一顰一笑。

他知道今天一別，兩人從此如同平行線不再交會，他想將她的身影牢牢地刻印進心底。即使不再相見，他依舊可以在心裡重溫她溫暖甜美的笑顏。

坐在張哲軒對面的位置，錢心澄視線仍可看見戚瑋的車停在外頭。

他怎麼還沒走呢？不是跟他說她會自己回家嗎？該不是在等她吧？但這樣的想法很快便被她揮去。他已與她無關，她不願再去揣想跟他有關的事情。

「……後天的會議上我會把今天討論的這些要點提出來。不好意思這麼晚了還讓妳跑這一趟。」公事討論了個段落，重點整理得差不多，張哲軒溫笑著道謝。

「張經理不要客氣，多虧您這份文件，讓我們可以避免跟寶詩集團的行銷方向重複。」她將方才筆記的文件收妥，看了看時間。「不早了，張經理早點回去休息吧。」

「妳怎麼回家？」他問。

「我住的不遠，走路回去吧。」雖然跟戚瑋畫下了句點，但腦中思緒依舊複雜，她想在散步回家的路上慢慢消化與他有關的情緒。

「那我先走了。」她起身微笑道了再見。

「我送妳回家吧！這麼晚了，我不放心讓妳自己回去。」張哲軒連忙起身跟到她身旁。

雖然寶詩集團的這份資料的確對美萊雅擬定新的行銷策略來說非常重要，但老實說，也沒迫切到需要在這麼晚的時間還特地叫她出來討論。況且張哲軒本身也不是什麼工作狂，這不過是一個趁機接近她的藉口。

「謝謝張經理的好意，但今天跟朋友吃飯，我想走路回去當運動。」她婉轉拒絕。「再見。」她往大門走去，離開公司。

「既然這樣，」張哲軒追上她。「我陪妳走回去吧！總要確認妳到家了我才能安心。」

錢心澄停下腳步，臉上有些遲疑。張哲軒曾明白對她表示好感，但除了公事之外她一直跟他保持距離。除了流水有意、落花無情外，她也不想落下公私不分的口實。可他又是工作上的客戶不能貿然得罪，一時間竟也想不到什麼適當的藉口。

「走吧。」看出她在猶豫該如何推辭自己，張哲軒不給她想出理由的時間，輕碰了她的肩膀示意一起走。

「我……」還沒編好的說詞卡在嘴邊，錢心澄突然語塞。

「心澄。」

一道低沉熟悉的呼喚傳來，循聲望去，正是戚瑋。

他怎會出現？錢心澄僵佇在地。

「工作結束了嗎？走吧。」他身子微側，舉起拇指朝身後閃著臨停車燈的轎車比了比，一雙寒眸凌厲地掃向張哲軒。

看著她與其他男人在一起叫他難受，可是既然他無法將錢心澄留在身邊，他也不能干涉什麼。但在車上的他一眼就看出錢心澄想推拒張哲軒卻被纏著走不了身，等回過神來時，他已下車出聲。

感受到不友善的目光，張哲軒卻毫不退縮，正面迎戰。

「這位是？」他刻意問。

錢心澄望向戚瑋，也希望能從他口中聽到答案。或許她心中還存著一絲希望，她想起阿強學長說過戚瑋曾自稱是她的男友。會不會現在，她也能從他口中聽到一樣的回答？

感受到她眼裡的期盼，戚瑋卻是下顎緊繃，遲了些會兒才冷冷地道：「應該沒必要跟你報告。」

錢心澄凝視著他的大眼瞬間暗淡，眸底寫滿失望與灰心。

真凶。張哲軒聳了聳肩。見錢心澄自戚瑋出現後目光就直盯在他身上，他也是識相的人，既然護花使者出現了，他也不自討無趣，之後還有的是機會。

「有人送妳的話我就放心了，早點休息吧！」張哲軒保持風度道了再見離開。

兩人默然相望半晌，戚瑋才開口。

「我送妳回家吧。」

轉身走向車子幾步，感覺她沒跟上，戚瑋頓下腳步，回頭望見她停佇在原地動也不動。

對上他的眸，她的眼眸流露出苦澀。只消這一眼，戚瑋便讀懂了她無言的控訴。

錢心澄轉身往反方向離去，戚瑋不加思索地追上前，伸手拉住她纖細的手臂。

「心澄！」

錢心澄卻用力一撥，將他的手甩開。

「你到底是什麼意思？」眼眶泛紅的她聲音微顫，極力地克制自己的情緒。「你以什麼立場說剛才那些話、做剛才那些事？」

他語塞，漆黑的眼眸欲言又止。

她說的對，他憑什麼立場？推開她的人是他，他還憑什麼干涉她？思及到此，望著她的眼眸閃過一絲痛苦。

「不要那樣看我，」她眼角的淚不爭氣地滑落。「你會讓我以為我看到了你的真心。」

他的體貼關懷與呵護，望著她時總是寫滿柔情的雙眸，明明感受到他冷靜外表底下的炙熱，但為何卻是這樣的結局？他的溫柔總讓她傾心，卻也傷她最深。

「妳感受到的都是真的。」他嘶啞的嗓力持鎮定，用盡全力壓抑內心幾近潰堤的情緒。

「那為什麼總是這樣的結果？」她閃著淚光的眸寫滿不解。「以前是因為你要回美國所以沒信心，那這次呢？」

戚瑋的薄唇開了又闔。

他從未對人提過的事，如今也無法說出口。

半晌，他默然閉唇，什麼都沒說。

連個理由都不給她，錢心澄悽然一笑。

「算了，不用了。」就此打住吧，否則只是讓自己更難堪。

她抹去眼淚，決絕的眼神像把利刃，決意讓兩人在今晚一刀兩斷。「第二次，已經夠了。到此為止吧。」

宛若最後判決的話語一出，戚瑋的黑眸一閃，泛出沉重。

他眼裡顯而易見的心痛讓她的心也被揪緊得無法呼吸。但不要的人是他啊，為什麼他會露出那麼難過的表情呢？讓她連想要好好的恨他都沒有辦法。

錢心澄望了他最後一眼，轉身離開。不說再見，因為希望再也不見。

他跨前一步，不自覺伸出想留住她的手，但他隨即反應過來，將舉到一半的手硬生生收回。無法給予她承諾，再留住她也只是枉然。

她離去的背影模糊成一片，難道是起霧了？曾經照亮他人生的她一步一步地離他越來越遠。

聽說清晨的濃霧散開後會是晴朗暖空，但這片籠罩在他眼前的霧散開後，他還看得見那抹溫熱的暖陽嗎？

八、可能因為一開始都是心有期待

「心澄姐，妳的咖啡。」辦公日的早上，小芬如同往常將錢心澄的咖啡送到桌上。

「嗯，謝謝。」錢心澄淡淡地應了聲道謝，移回螢幕上的臉蛋面無表情，依舊完美的妝容讓此刻的她看起來宛若冰山美人。

小芬總覺得錢心澄這幾天不太對勁，雖然工作表現依舊正常，但似乎少了點活力。就拿每天的這時候來說吧，通常送上咖啡給她時，錢心澄總會跟她閒聊幾句，就算無話可說也會對她拋來一抹笑道謝，哪像現在都冷冷淡淡的。

小芬的直覺告訴自己，錢心澄一定有什麼心事。

「心澄姐，妳是不是身體不舒服呀？」小芬旁敲側擊。

「嗯？」她抬眸望了小芬一眼，眼神卻是毫無生氣。「沒有呀。」視線又回到電腦前，手上的滑鼠傳來喀噠喀噠的聲音，仿若在替主人傳達工作忙碌、生人勿擾的訊息。

「感覺妳沒什麼精神，如果不舒服不要硬撐喔！」她關心地道。「有什麼事都可以跟我說。」

「嗯。」錢心澄以單音節回應，沒有要繼續話題的意思。

連貼了兩個冷屁股，小芬顯得有些挫敗。她的心澄姐怎麼變成這樣？以前那個熱情開朗的心澄姐呢？

「今天下午要跟張經理開會，那我回去準備了。」看來今天是敲不開錢心澄緊閉的封口，小芬決定先鳴金收兵。

「對了，這個，」提到下午要開會，倒提醒了她。錢心澄遞了資料夾給小芬。「前天我跟張經理調整過企劃，妳照這上面更改的內容把簡報做調整。」

「前天？」小芬眉頭一蹙，怎麼印象中前天張經理沒出現呀。「張經理來過？」

「加班。」她淡漠地說。

提到那天，眼前浮現戚瑋那雙欲言又止滿是心痛的黑眸，滑鼠喀噠喀噠的聲音突然變得有些急躁。

「妳那天不是去跟朋友吃飯嗎？還被他找回來加班？嘖嘖，這個張經理真是。」大家都知道張哲軒對錢心澄有意思，但想追人也不是這種方法吧。小芬搖了搖頭。

「……早知道就不去了。」錢心澄喃喃地道。

或者該說，一開始跟戚瑋重逢後就不該讓兩人有來往的機會。

突然間一陣沉默，小芬沒有答話，不像她平時聒噪的作風，錢心澄移眸看向小芬，才發現她面帶關心地看著自己。

「心澄姐，妳真的有事。」小芬肯定地說：「而且就是前天發生了什麼事，對吧？」

被一語說中，錢心澄的臉上閃過一絲什麼，但太快又太淡，讓小芬無法解讀。

她收回美眸逃避小芬的視線，嘴裡含糊不清地嘟囔幾句。「妳想太多了，昨天追劇追太晚沒睡飽，所以沒什麼精神而已。」隨意編了藉口，想就此止住小芬的追問。

「哪一部戲讓妳這樣魂不守舍？」小芬故意繼續問。「是什麼劇情啊？肯定很精彩。」以前辦公室一群女同事聚在一起討論韓劇歐爸時，從沒見過錢心澄加入其中，現在說她追劇追太晚？鬼才相信。

就她看來，那齣劇的女主角八成是錢心澄自己，至於男主角是？應該不是張哲軒吧？小芬眼珠子一轉，突然想起之前保全提過的那位送宵夜的男子。

「精彩什麼，還不都是那樣。」錢心澄眸心一暗，嗓音有氣無力。「喜歡但又不能在一起，為什麼？」輕飄飄的尾音像是在自問，卻自己也無法解答。

終於撕開了一點口子，小芬馬上乘勝追擊。

「為什麼不能在一起？男的有女朋友還是有老婆？」要是這樣也太可惡了吧！不是單身還來招惹心澄姐，若真是這樣，她翻遍台灣也要把那男的找出來。

「不是。」錢心澄搖了搖頭。

「咦？那，在外欠債？得了癌症？是Gay？有殘疾？黑道？」小芬幾乎將偶像劇最常演的套路都說了一遍，卻都只是得到錢心澄搖頭。

「那是為什麼？」連小芬都狐疑地皺起了眉頭。

「不知道，下一集也還沒出。」應該也不會再有下一集了。「回去工作吧，妳再不開工，小心下午的簡報來不及完成。」她以眼神示意剛剛交給小芬的資料。

好不容易得到一點資訊，卻什麼也沒猜到，小芬有些不甘心。但就如錢心澄說的，她再不開始工作的話恐怕下午要開天窗了，只能面有惱色地回到自己位置上開工。

究竟是為什麼呢？錢心澄自己也想知道，但既然那天從他口中什麼答案也沒得到，或許永遠都是個謎吧。

要是他倆這些時日以來的點滴是一部劇，那恐怕也只是齣演到一半就被腰斬無疾而終的鬧劇。她的唇角泛起一抹苦澀的笑。

「叮咚」訊息傳來。

她心臟猛然一縮，但定眼看清捎來訊息的人是小芬後她不禁又是苦笑。

她究竟還在期待什麼？

滑開訊息，小芬道：

「心澄姐！還有一種叫承諾恐懼症！」

「放下手機，專心工作，好嗎？」錢心澄沒好氣地回覆。

她知道小芬是關心她，但要是這股勁能投入在工作上，小芬應該早就不只是助理了。

放下手機，整頓好思緒，錢心澄準備繼續處理公事，但才剛蹭上滑鼠，小芬又慌張地跑了過來。

見到錢心澄帶點責難的眼神又要開口叫她回去認真工作，小芬忙不迭地先把自己的手機遞到她眼前。

「心澄姐，妳看這個，最新的新聞快訊。」

「警方日前破獲販毒集團，檢調單位正在清查通聯以及交易紀錄。根據可靠消息指出，娛樂圈某Y姓女星恐也涉毒，檢調單位將在今日通知該名女星到案說明。據悉，Y姓女星在演藝圈極有影響力，演技更是獲得雙金獎座肯定，預料這次的毒品風波將會在演藝圈掀起一陣風暴……」

❀

聯繫俞涵熙未果，錢心澄心想她現下應有很多事情要處理面對，只傳了訊息要她有空之時聯絡她。等候俞涵熙消息時也沒閒著，在筆記本上沙盤推演各種狀況可能衍生的情況以及應對方法。

「心澄姐，張經理到囉，會議可以開始了。」

一眨眼已到了下午，張哲軒如期抵達展開會議。兩人之前就寶詩集團的行銷方案修改了對策，今次再與團隊討論一番，很快就獲得大家共識一致贊成通過。

美萊雅的新季品牌行銷方向大致底定，只剩下美萊雅簽訂新代言人、拍好廣告後再按擬定的通路發布，錢心澄算是卸下了一半的重擔。

「錢主任，真是謝謝妳，案子才能進行得這麼順利。」散會後，錢心澄送張哲軒離開，途中他溫笑著跟她道謝。

「哪裡的話，很高興能有這個機會合作，我也跟張經理學了很多。」錢心澄禮貌地與他客套。

張哲軒若有所思地看著她，半晌才說：「前天沒有給妳帶來困擾吧？」

對上她帶著疑惑的眼神，他接口道：「就是那位先生，怕是妳男朋友，這樣就給妳造成麻煩了。」擺上帶點歉意的笑。

沒想到他會提起那天的事，錢心澄一怔，但很快就回神過來露出一抹笑。「只是朋友，張經理不要想太多了。」

但現在卻連朋友都不是了。仿若有一小根針隱隱刺痛了她的心。

「是嗎，那我就放心了。」他燦爛一笑，宛若放下心中大石。

「不知道對於新一季的代言人，美萊雅有什麼想法？」錢心澄將話題繞回公事。

「嗯，說到這個是有點麻煩。」張哲軒搔了搔下巴。「本來高層屬意找俞涵熙當代言人，她有高級的精緻感又帶著少女的無邪，跟新的品牌意念滿搭的，但今天早上的新聞妳看到了吧？雖然沒指名道姓，但八九不離十就是在說她了。看來是不可能找她了。」

果然新聞餘威開始發酵了。錢心澄一點也不意外，而且她知道美萊雅不是第一個，也不會是最後一個。只希望俞涵熙盡快聯絡她，了解來龍去脈後她才能趕緊止血補救。

「那還真是可惜呢，但還沒確切的證據之前，很難下定論是不是真的。」她不著痕跡地想為俞涵熙說點話。

「她的確可能是無辜的，但名譽和形象就是藝人的第一生命，而且代言人也會影響品牌形象，美萊雅不可能冒這個風險。」張哲軒語氣略帶惋惜。

「張經理，謝謝您今天特地跑一趟來開會，之後相關合作還要請您多多指教。」送他至大廳，錢心澄擺著笑客套道。「那我先回去忙了，您路上小心。」

「心澄。」張哲軒喚住她，錢心澄略為詫異地回頭。

「今天晚上要不要一起吃飯？」

一瞬間，似乎看見戚瑋的身影與他交疊。她怔然，眨了眨眼後才發覺眼前的他不是戚瑋。

錢心澄唇角揚起一笑，弧度卻有些嘲謔。任何一點無關緊要的小事都會勾起她的思緒，她何時才能不再想起他呢？

定睛看著張哲軒，或許忘記戚瑋的第一步就在這等她跨出。

猶豫地點了一下頭，她粉唇微開正想說話，張哲軒的手機突然響起。

他望了眼來電，眉頭一皺。

「我接個電話，抱歉。」居然在這節骨眼打來。

接起電話，他旋過身背對她，壓低聲音。

「喂？怎麼了？我在忙……那妳就先帶牠去看醫生，我現在走不開……最近很忙，妳知道公司的新案子很重要……」

張哲軒講電話的同時，錢心澄的手機也叮咚一聲傳來訊息聲，她打開一看。

「心澄，我是凱傑。下班後有空嗎？我派車過去接妳。」

剛回覆了個「好」字，張哲軒已結束通話回來。

「如何，晚上想吃什麼？」他直接問，他可沒看漏剛剛她點了下頭。

「抱歉，臨時有工作要做，下次吧。」錢心澄露出帶著歉意的笑。「我先回去忙了，張經理再見。」

看著錢心澄離去的背影，張哲軒原本臉上勝券在握的笑一沉，雙手插往口袋嘖了一聲。

「差點就成功了……可惡。」

❀

「歡迎收看午間新聞，新聞一開始先帶您關注，演藝圈是不是『麻』煩大了？警方日前查獲販毒集團，檢調傳喚有關聯的Y姓女星到案說明。而今日上午俞涵熙出現在大安分局，似乎證實了Y姓女星就是俞涵熙。目前俞涵熙在經紀公司的陪同之下召開記者會說明案情，我們帶您到現場一起關注……」

午休時間，珠姨在辦公桌前吃便當的同時，收看電腦上的新聞直播。

嘖嘖，這俞涵熙看起來清秀漂亮又氣質好，居然是個吸毒的人，演藝圈果然是金玉其外、敗絮其內呀。夾了排骨送進嘴中，珠姨在心中想著。

突然一抹黑影從眼角閃過，珠姨順勢望去，正是剛出外洽公結束回到事務所的戚瑋。

「老闆，回來啦！吃飯沒？」她招呼道。

「等等吃。」戚瑋瞄了眼珠姨的螢幕，見到戴著鴨舌帽目眶泛紅的俞涵熙，停下原本要進辦公室的腳步折回到她身後。「在看什麼？」

「喔，這個啊，就俞涵熙好像吸毒，正在開記者會。真不是我在說，一個漂漂亮亮的女生，怎會去碰毒品勒？真是不自愛。」一見有人可以跟她討論，珠姨顯得略為興奮，將電腦音量調大。

記者會的鏡頭拉遠，麥克風交到俞涵熙身邊的人手上，錢心澄站起身發言。見到熟悉的身影，戚瑋一愣，心臟猛然一緊。是縈繞在他心頭不去的她。

「各位記者先生女士大家好，我是俞小姐的發言人，先跟大家說明一下情況。今天我們來分局到案說明是協助警方釐清案情，俞小姐本人跟販毒集團毫無關係，也絕無吸毒。剛剛已經配合檢警單位進行毒品調驗，結果出來後便可證明俞小姐的清白。在等待檢驗結果的期間，希望各位不要捕風捉影、過度揣測，若對俞小姐的聲譽造成影響，經紀公司會採取相應的必要措施。」錢心澄不卑不亢，字字清晰。「現在我們請俞小姐親自說明。」

俞涵熙接過麥克風，略為遲疑了下才開口道：

「昨天看到新聞時，我必須說我跟大家一樣驚訝，不知道為何會影射我是Y姓女星？直到警方親自上門通知，才知道原來真的是要找我。一直到剛剛檢方跟我說明後才知道，原來是前陣子我在等一通試鏡的電話，有天見到一通陌生的未接來電，我以為是試鏡的結果通知，便回播過去。對方問我要買草嗎？要多少？我根本聽不懂，說自己打錯了就掛掉了，根本不知道那電話是販毒集團的號碼。」

她蒼白的臉上一雙紅通通的大眼閃著淚光卻強忍淚水，楚楚可憐的樣子頗為無辜。

「就因為這樣，我的手機號碼出現在販毒集團的通聯記錄上。在這裡，我要鄭重地說明，我沒有吸毒。我已經配合警方採樣檢驗，過幾天毒品調驗結果出來就可以還我清白，但為了避免輿論效應擴大，還有為了捍衛我自己的名譽，才決定在今天開記者會跟大家說明一切。在這也謝謝各位的關心，不好意思讓大家擔心了。」

俞涵熙雖眼眶泛紅卻眼神堅定，一向嬌嫩的柔嗓今次特別清晰有力，刻意挺直纖細的身軀表現得勇敢無畏。

「今天的記者會就到這邊結束，謝謝各位撥冗前來。請各位靜候毒品調驗結果，證明俞小姐的清白，謝謝。」

錢心澄結束記者會，在記者起身的一陣搶拍下護著俞涵熙離開。

鏡頭轉回棚內，主播繼續播報：

「雖然剛剛記者會上俞涵熙鄭重地表示自己絕對沒有吸毒，但根據圈內人士表示，俞涵熙已有不少代言活動停擺，對她的演藝事業造成不小的衝擊……」

「老闆，你看俞涵熙究竟有沒有吸毒？」對茶餘飯後的演藝圈八卦頗感興趣的珠姨轉頭問身後的戚瑋。

「等結果出來就知道了。」雖與李凱傑熟識，但對俞涵熙的私生活他不清楚也無意過問，僅淡淡帶過。

「看她那樣好像真的是無辜的，如果是無故被牽扯進去的話就實在太倒霉了。」戚瑋的冷淡回應無損珠姨想閒嗑牙的興致，仍是叨叨唸著。「跟毒品扯上關係，就算事後證明是無辜的，形象也都受影響了，可憐啊。」

恍若未聞珠姨的叨絮，戚瑋垂著眼眸似在思量什麼。

「珠姨，戚氏基金會的帳本幫我找出來，送我桌上。」語畢彷彿沒見到還想跟他閒聊的珠姨才剛開口要繼續說些什麼，即像陣風般回到自己的辦公室。

「……喔，好。」

突然被交代工作，珠姨一時還沒從娛樂頻道轉回到工作模式，愣愣地看著他闔上的門答道。

❀

結束記者會，錢心澄護著俞涵熙閃過記者的追問搭上保母車。俞涵熙癱坐在椅上，整夜焦慮失眠的她面孔呆滯，彷彿行屍走肉。

錢心澄輕輕地拍了拍她手臂，柔聲安慰道：「涵熙，妳剛剛表現得很好，大家都會相信妳的。」

「真的嗎？」她偏頭望著錢心澄，被她這麼一寬慰，一張小臉瞬時皺成一團幾乎快哭出來。「我好怕大家不相信我，也好怕驗尿結果沒有通過怎麼辦。」

「放心，我們跟毒物科的專家確認過了，妳已經近兩個月沒有抽大麻，依妳之前使用的頻率，可以肯定體內的大麻酚已經代謝完了，驗尿沒有問題的。」

俞涵熙約一年多前開始抽大麻紓解工作壓力，李凱傑身邊許多公子哥朋友也有這習慣，對他來說是見怪不怪，因此也沒特別阻止她。

直到前陣子李凱傑聽聞警方對毒品調查將有大動作，便不再讓俞涵熙購買大麻也順勢強迫她戒癮。出現心理戒斷反應的俞涵熙變得焦慮、煩躁和失眠，每天跟李凱傑大吵小吵從沒停過，導致她後來負氣回台。

她一回到台灣當天便透過管道致電藥頭詢問，要不是李凱傑立刻追來台灣，讓她沒機會再跟藥頭聯絡，只怕這次俞涵熙的演藝事業真的會一夕間化為烏有。

「心澄，我的說詞真的不會有問題嗎？」俞涵熙臉上滿是擔憂，做賊心虛莫過如此，害怕謊言被揭穿。

「放心，律師說了，只要妳尿檢沒問題，所有事情都一概否認到底，檢方也無法可辦。」

昨晚錢心澄和李凱傑聘請的律師商討了整晚，多虧李凱傑在之前就嚴格限制她戒癮，只要檢驗沒有毒物反應，在司法上俞涵熙就能全身而退。但演藝工作的考驗才正要開始，與毒染上邊的藝人，就像發臭的餿水讓人唯恐避之不及，就算之後毒品調驗結果出來是陰性，對形象的損害也已造成。尤其調驗結果還得等上數週，要是不趕緊止住事件發酵，只怕俞涵熙在演藝圈會從此一蹶不振。

為了避免這樣的事情發生，錢心澄特意安排在她到案配合檢調後，立刻召開記者會對外說明。會前還特別叮囑俞涵熙要眼眶含淚卻不能落下，演好一個柔弱卻堅強的角色，如此才更能博取大眾的同情與信任。

俞涵熙吸食大麻的確犯錯，但公關就是出事後負責善後粉飾太平，對錢心澄來說，這就是工作。

「唉，」俞涵熙將臉埋進手掌深深地嘆了口氣。「經紀公司說目前工作都暫停，等藥檢結果出來再說，但有些廠商甚至連藥檢結果都不願意等，就直接撤銷合作。」她抬起臉，一雙大眼淚汪汪。「心澄，怎麼辦？我會不會完蛋？」

她真的好後悔，看著自己苦心耕耘許久，好不容易才獲得雙金影后地位的演藝事業如今岌岌可危。要是可以重來、要是知道後果會這麼嚴重，當初她就不會碰大麻。

錢心澄握住她的手，柔聲安撫。「妳放心，我會幫妳的。妳看去年趙翔偷吃被抓到，我們處理之後他依舊在演藝圈過得風生水起不是嗎？別擔心了，包在我身上絕對沒問題。」

當初趙翔的婚外情事件在錢心澄的操作下，很快就止住社會大眾的炎上和撻伐，如今早已船過水無痕，趙翔仍是穩坐一線主持人的寶座。

聽她這麼一說似乎有點說服力，俞涵熙緩緩地點了點頭。兩人相識許久，她深知錢心澄的工作能力，相信錢心澄會替她做最好的安排，原先內心動盪的不安才稍稍地安定了些。

保母車停在俞涵熙和李凱傑的住處，錢心澄輕拍了拍她安撫。

「等藥檢結果的這幾天，妳就當休假好好休息。別想太多，好嗎？早點回去休息吧，妳昨天都沒睡不是嗎？」

俞涵熙看了看車窗外的獨棟庭院別墅，再回眸看著錢心澄，眉眼間盡是糾結。

「我……我好怕面對凱傑，他一定對我很失望，我居然回台灣就又找藥頭，還惹出這樣的事。」

俞涵熙終於忍不住潸然淚下。「怎麼辦，我好怕他因為這樣不要我。」

比起演藝事業毀於一旦，其實她更害怕李凱傑對她心灰意冷而離開她。

「妳真傻欸。」錢心澄伸指戳了下她的額頭，希望能藉此戳醒她。「凱傑如果失望是難免的，但說他會因此放棄妳的話，就真的想太多了。要是他真的因為這樣而想離開妳，那他何必昨天一看見新聞就馬上找律師又聯絡我來幫妳一起想辦法呀？」

俞涵熙一怔，更是淚如雨下。「他對我那麼好，我怎麼可以這樣。」哭喊的嗓音盡是自責。「當初還跟他吵架，我真是混蛋……」

漂漂亮亮的女生哭得梨花帶淚，同是女人的錢心澄見了也於心不忍，抽過幾張面紙遞給她擦淚。

「別哭了，回去跟凱傑好好道個歉，以後別再犯了，好嗎？」

「心澄，」俞涵熙突然撲上前一把抱住她。「真的很謝謝妳。」沒說出口的滿腹感動都轉為緊緊擁住她的力道。

錢心澄拍了拍她的背安撫道：「好了，趕快回去休息吧。」

俞涵熙總算在下車前破涕為笑，露出往常的甜蜜微笑對她揮手說再見。

望著她踏進家門的背影，一聲輕嘆不自覺地自粉唇溢出。

為何她有些羨慕俞涵熙呢？不管外頭如何風風雨雨，總有個臂膀可以依靠，而她呢？

戚瑋的身影閃過腦海，她嘴角浮現一抹苦笑。曾經以為自己已經走出多年前內心被他刻下傷痕的幽谷，沒想到繞著繞著又回到同樣的死胡同，她究竟何時才能離開這茫茫見不到出口的迷宮呢？

❀

記者會後幾天，有關俞涵熙吸毒的新聞熱度明顯降溫許多，討論聲浪不若剛開始的熱烈，而且很快就被其他頭條新聞蓋過關注度。只有業內人士知道，這並不是因為新聞媒體突然吃齋念佛放俞涵熙一馬，而是公關公司與媒體打招呼交涉的結果。

多虧手上還有美萊雅新季廣告預算的分配，讓錢心澄致電各大媒體，請他們放輕力道處理俞涵熙的新聞時多了點籌碼。以廣告收入換取新聞熱度的降溫，對錢心澄和媒體來說雙方都是贏家。

媒體處理好了，接下來就是要修補俞涵熙受損的形象，最好的方法就是直接參與公益活動宣傳，爭取正面的曝光機會，可計畫進行到此卻有些卡關。即使前幾天俞涵熙的藥檢結果已經出爐確定是陰性，保住了她的名譽，但一一聯繫各大公益團體後，卻發現他們態度保守，對於剛沾染過毒品風波的藝人仍是審慎評估，毫無斬獲。

錢心澄喝著咖啡，看著手上的公益團體名單，一個又一個被小芬做了記號表示聯繫過卻被婉拒。跟她想的一樣，最筆直簡單的路卻不一定能暢行，看來若此路不通，她得再規劃其他的方式。

掃視的目光落到了名單上的戚氏基金會，短短五個字卻挑動了她敏感的神經。

戚氏基金會不例外的也被小芬畫上接洽失敗的標誌，她眼眸一垂蓋上名單，不想再讓那個身影盤據腦海。目光放回到電腦螢幕上，腦袋裡千迴百轉的思緒卻不受控地竄出。

已近一個月沒有聯繫，他過得好嗎？但不管他過得好不好，都與她無關了吧？

通訊軟體裡的他仍是留著，每每想刪除，但憶及他那一雙欲言又止滿是心痛的黑眸，她就狠不下心。

他的體貼細心曾溫暖過她，偶爾她仍是會從回憶中汲取一些他的溫柔，重溫那些甜蜜。若刪了他，似乎會連同將那些曾經美好的片段從記憶中徹底抹除，也等於正式宣告他從此消失在她的生活，她仍無法做到。可是打開通訊軟體每看到他一次就揪心一次，她只能像隻鴕鳥般將他設為隱藏，眼不見為淨。

錢心澄啊錢心澄，妳這隻臭鴕鳥。她在心裡罵自己。

辦公桌上的電話響起，領回她的思緒。

「喂，您好。」接起話筒，她的嘴角立刻勾起一抹專業的甜笑。

「錢主任，大廳有位訪客找您。」是會客大廳的接待打來。

印象今天沒有客戶來訪，錢心澄翻開行事曆再次確認。「能請您幫我問一下是哪裡找嗎？」

「對方說是送戚氏基金會的文件過來。」

一雙蛾眉頓時蹙起，不明白戚氏基金會怎會突然派人上門。突然一個想法快速地掠過腦海。

該不會是他？瞬間感覺手心一溼。真的會是他嗎？

搭乘電梯而下，胸口惴惴不安地心跳加速，她交疊在腹前的雙手不自覺緊絞在一起。

電梯門開了，掃視大廳一圈，卻沒有看見腦海中的那抹身影。原先膨脹在胸口的緊張瞬間煙消雲散，取而代之的是一陣莫名空虛。

「錢主任，」前方的接待對她揮了揮手，以手勢比了站在櫃檯前的女士。「這位女士找您。」

背影轉過來，錢心澄先是一愣，隨即認出來人。就是那天她送番茄給戚瑋在梯廳遇見的中年婦女。

「您好，我是錢心澄。」她揚笑上前與珠姨自我介紹。「聽接待說您有資料要交給我？」

珠姨將夾在腋下的資料袋遞到她面前。「有人託我將這轉交給您。」

錢心澄接過文件抽出一看，「戚氏基金會代言合約書」幾個大字亮晃晃地出現在眼前，她的大眼一瞪寫滿不可置信。

戚氏基金會不是也在那份打槍小芬的名單上嗎？怎麼現在突然來了份代言合約書？她急忙翻到合約書最後一頁，戚氏基金會董事長秦以麗的簽名以及基金會官方鋼印都已落好，只等乙方合作人簽署後就是一份正式生效的合約。

「那我就不打擾您了。」事情辦完，珠姨準備告退。

「請、請等一下。」錢心澄喚住她。「請問，是哪位請您送來的？」

雖然答案顯而易見，但她卻想從珠姨口中得到明確的回答。

知道她明知故問，珠姨故意開玩笑道：「可能是您上次送番茄的回禮吧。」她忍不住一笑。「不打擾您工作了，再見。」

錢心澄拿著那本合約書仿若被下了石化咒般動也不動，直到珠姨離開後，她仍呆站了許久。

❀

「老闆，俞涵熙和戚氏基金會合作的消息上新聞了欸。」拿文件進辦公室給戚瑋，珠姨像廣播台一樣放送最新消息。

戚瑋沒什麼反應，接過資料即點頭示意珠姨可以離開了。

跟戚瑋共事多年，早知道對工作之外的事情他總是冷冷淡淡的，珠姨已見怪不怪，只是不知為何在離開前多說了一句話。

「前幾天送合約過去時，我看那個錢小姐很驚訝喔。」

是嗎？戚瑋的視線拋向擱在桌上的手機，漆黑的螢幕已許久沒有收到來自錢心澄的隻字片語。珠姨送合約去後連句謝謝也沒有傳來，不像她平時與人交際八面玲瓏的態度，看來她是鐵了心要跟他斷絕聯絡。

他出手干涉戚氏基金會與俞涵熙合作並非希望藉此再與她聯繫，只是思及她工作上可能面臨的難關，既然是他能力範圍內的事，他便想幫她一把。

難道是想讓自己心中的愧疚好過一些嗎？

他靠到椅背上閉起眼，那天晚上錢心澄一步步走遠的身影在眼前浮現，靠在桌上的手不自覺地向前一伸彷若可以碰觸到她、將她留下，但猛然緊握的手心卻是一陣空。

睜開黑眸，看到眼前空蕩蕩的辦公室，他攤開自己的大掌望著發愣。

讓她離開是他的決定，但壅塞在心口的思念變成日夜齧咬啃食的痛楚，他並不如自己想得那般決然。若說他後悔，可他又將她傷得那麼深，他還有什麼資格再次出現在她的生活中？

「叮咚」訊息傳來，戚瑋的心猛然一震。

拿過手機點開，是李凱傑。

「老兄你在哪？」

「在事務所。」他面色無波地簡短回覆，方才陡然爬升的心跳已恢復平穩。

「那好，我就在樓下。」

意外他怎會突然來訪，戚瑋遣了珠姨帶李凱傑進來。

「嘿老兄，」李凱傑走進辦公室打了聲招呼，看見裡頭除了整面牆的文件資料外，只有一套招待訪客的沙發以及辦公桌椅，忍不住出言調侃。「你的辦公室還真是跟本人一樣，有夠無聊。」

不理會他的玩笑，戚瑋示意他坐到沙發上，走到桌邊倒水直問：「突然過來，有什麼事嗎？」

「剛剛去找心澄，想到你的事務所離她公司不遠，就過來了。雖然說大恩不言謝，但你們兩個幫了涵熙一個大忙，還是得親自登門道謝一下。涵熙現在被我禁足，我代她本人來說聲謝謝。」李凱傑難得收起玩世不恭的笑臉，面色誠懇。

聽見錢心澄的名字，戚瑋倒水的手一震，水珠自杯中濺出。

他面色不改地拿過紙巾擦拭桌面，遞水給李凱傑。

「舉手之勞而已。」他淡淡地說。

他的一舉一動盡收眼底，李凱傑嘴角揚笑，沒有要放過他的意思。

「剛剛在心澄那，她聽到你的名字也是差點打翻咖啡，你們兩個那麼有默契啊？」

「……巧合而已。」面對他的嘲弄，戚瑋不打算多說什麼。

李凱傑雙手抱胸，靠到沙發背上打量他。

「我是不知道你們兩個怎麼了，但如果彼此都有意思，幹嘛拖拖拉拉的？」

「我跟她沒什麼關係。」

「老兄，你再裝就不像了喔！」居然想跟他打迷糊戰，他李凱傑可不是吃素的。「若真的跟她沒關係，為什麼要透過心澄送合約？戚氏基金會又不是聯絡不到涵熙的經紀公司，分明就是要幫心澄立功。」

戚瑋的面部線條緊繃，李凱傑字字屬實他無法反駁。

「老兄你到底怎麼了？喜歡就去追啊，何況心澄很明顯也喜歡你啊！」直腸子的他實在不懂互相喜歡的兩個人有什麼好糾結的。

「我等等要開會。」不想回應李凱傑的他言下之意要送客。

看戚瑋嘴巴閉得比蛤蜊還緊，李凱傑也懶得浪費口水了。

「那好，不打擾你工作了。」他起身。「我過幾天要回香港，明天晚上吃個飯吧？」

「還約了誰？」有了上次經驗，他最好是問清楚再回覆。

李凱傑聞言大笑。「放心，閒雜人等都不會約，連涵熙都不約，OK？」

❀

攝影棚內，穿著運動裝束的俞涵熙掛著燦爛的笑容，配合攝影師的要求變換一個又一個的姿勢。與戚氏基金會簽訂合約後的第一個活動，就是為下半年的公益路跑馬拉松拍攝宣傳照。

「很棒，涵熙，頭稍微轉右邊一點，對就是這樣，很好很好。」

攝影師的快門沒有停歇，喀嚓喀嚓捕捉俞涵熙青春活力的樣貌。

「好了，可以了！涵熙真的很棒！」攝影師停下拍攝，看看手錶。「那我們等秦董事長到了之後，再拍幾張合照就可以收工了。先休息一下吧！」

「耶！謝謝！」俞涵熙雀躍地舉起雙手，高興地歡呼了下。

「涵熙。」幾十分鐘前到了攝影棚探班，安靜地待在一角不打擾現場工作的錢心澄出聲喚她。

「心澄！」俞涵熙接過助理遞來的水，跑到她身邊拉起她的手。「妳來啦！我好高興喔！不好意思還要妳過來，我現在被凱傑禁足，除了工作都不能出門，想跟妳見面只能趁工作的時候。」

「怎麼這麼急著見到我，晚上凱傑不是約了一起吃飯嗎？還是凱傑是煙霧彈，其實妳真正暗戀的人是我才對吧？」錢心澄打趣地說。

收到俞涵熙問她要不要來探班的訊息時她有些納悶，晚上不就要見面了嗎？這麼迫不及待見到她，難不成又跟李凱傑有什麼不愉快要找她傾吐？但看到笑靨如花的俞涵熙，又不似有什麼不開心的事。

「咦？」俞涵熙一愣。「有嗎？」她偏頭想了想。「還是他沒跟我說，想給我驚喜？」

畢竟現在她的行程都歸李凱傑管，這樣一想倒是合理。

她示意助理拿過一只信封，交到錢心澄的手上。「其實找妳來，主要是想謝謝妳這段時間的幫忙。之前我訂做的粉色鱷魚皮柏金包到貨了，我想送給妳表達我的謝意，妳拿這個去取貨就可以了。」

錢心澄先是一愣，隨即笑開了臉。「涵熙，妳怎麼這麼可愛！」

「咦？」沒來由地被稱讚，俞涵熙一臉疑惑。

「我感受到妳的心意了，但我還是希望妳留著自己用。」見俞涵熙被拒絕後面露失望，她不疾不徐解釋。「我自己一個人租屋住，要是放這個貴重的包在家，馬上就被闖空門了吧！跟著妳，它會比較安全。妳要是真的想謝謝我，下次跟周天王合作時幫我要一張簽名照就好了。」

「那麼簡單的事……」俞涵熙嘟起小嘴，顯然不滿意她的要求太過簡單。

「涵熙，樓下保全通知秦董事長到了喔！等等就會上來了，我們先補妝吧！」助理走過來提醒。

「妳先去忙吧！我也差不多要回公司了，等等還要開個會。我們晚上見囉！」

跟俞涵熙道了再見，錢心澄離開攝影棚，走至電梯前看見洗手間，正想上廁所的她轉身走進，挑了最後一間解手。

坐在隔間內，小芬正好傳了下午會議的文件過來，錢心澄順勢點開檢查是否有遺漏的部分，這時突然聽見外頭有人進入的聲音。

「董事長，攝影棚都已經準備好，俞涵熙也在等我們了。」

「有什麼關係，就讓她等一下。讓她當代言人算她好運，就算放鴿子諒她也不敢吭聲。」秦以麗的嗓音滿是意興闌珊，腳步聲停佇在洗手台前開了水龍頭。

「是啊，算她好運。」祕書附和。

「要不是戚瑋那小子出賤招，我怎會找那種跟毒品扯上邊的人合作。」秦以麗聽起來有些咬牙切齒。「什麼人就生出什麼種，跟他媽媽一樣品行低劣，只會弄些見不得人的手段。」

「董事長別氣了。」見她怒斥，祕書急忙安撫。「上個月訂的那條粉鑽項鍊明天就能到貨了。」

「是嗎？」聽祕書這樣一說，秦以麗語調露出一絲期待，怒氣似乎消散不少，但語氣仍有些忿恨。「這次被那小子抓到把柄，之後可得小心一點。」

「沒事沒事，董事長別氣。」祕書看了看錶。「若我們在四點前把宣傳照拍完，還能趕上小少爺下課的時間。」

「好吧，那就快吧。」

洗手間的門開了又關，恢復一片寧靜。

隔間裡的錢心澄一動也不動，腦海中的思緒早已不在待會開會的文件上。

❀

李凱傑預訂好位在北投的溫泉行館邀戚瑋共進晚餐，戚瑋抵達行館，車子交給門口負責泊車的員工，在專人指引下走進大門。幾盞昏黃的燈光柔和地籠罩日式庭院，松柏錯落有致地點綴其中，踏上一座紅色拱橋，潺潺的流水聲在寧靜的夜色中更顯清晰。越過橋後，一棟黑瓦木屋矗立於前，進到裡頭，接待員有禮地上前問候。

「戚先生您好，請問您要先到房內等候另一位貴賓，或是在大廳等候呢？」

「房間？他不是訂餐廳嗎？」戚瑋問。

「這邊跟您解說一下，李先生訂的是松濤閣住宿一晚，內含兩位晚餐以及早餐。」

戚瑋眉頭一蹙。李凱傑是哪來的興致訂了過夜住宿的房間？難不成吃完飯他要自己留下來住？他可沒興趣跟他兩個大男人在溫泉行館過夜。

「我在這邊等他吧。」

他坐到面向門口的候客沙發區，拿出平板電腦，打算在等待的同時繼續處理工作。接待員送上熱茶以及小點心即退至一旁。約過了一刻鐘，戴著耳機的接待員似乎收到什麼訊息，走至戚瑋旁邊。

「戚先生，另一位貴賓到了。」

戚瑋點了點頭，收起平板，拿起桌上的熱茶正準備喝一口，門口的木製拉門緩緩打開，一個長髮波浪大捲、穿著荷葉領襯衫與黑色緊身窄裙的曼妙身影出現在眼前。

舉著茶杯的手瞬時頓下，全身一僵的戚瑋像定格般動也不動。

看見他，錢心澄呆愣在地，腦袋像被車子輾過一片空白。

他、她怎麼會在這？

「兩位貴賓請往這邊走。」接待員親切地以手往前比出方向，欲帶領兩人往松濤閣。

「請稍、稍等一下……」先回過神的錢心澄出聲，她以手順過額前的瀏海，秀眉緊攏也想搞懂這是怎麼回事。

好似安排好的橋段，他倆的手機忽地傳來「叮咚」的訊息聲，兩人不約而同地拿出手機點開一看。是李凱傑傳來。

「閒雜人等都不約，約了你／妳的心上人。」

這個李凱傑……戚瑋拿著手機的力道猛然加重，頗有把手機當成李凱傑的意思。

錢心澄看著手機上的訊息，無奈地嘆了口氣。看來他倆都著了李凱傑的道。

她望了他一眼，眼神有些猶豫。秦以麗的那番話自下午就一直飄盪在她腦海，現下正巧遇見他，是個解開疑惑的好機會。雖然心底的舊傷與新痕尚未平撫，但就把他當成公事上往來的人吧，這樣就能像往常一樣泰若自然地面對他。

調整好心情，錢心澄收起眼裡的遲疑，朱唇綻放一抹笑。

「一陣子不見了，最近好嗎？」

她含笑問候，唇邊淺淺的一抹弧度將她美麗的臉龐點綴得更加亮麗，揚起這些時日來沉積在他心底的思念。戚瑋不自覺瞇起黑眸，想將這縈繞在心頭的嬌美身影看得更仔細些。

「你還沒吃飯吧？」

戚瑋點了點頭。

「我也還沒。」她笑道，不排斥跟他一起吃個飯，畢竟這樣才有機會釐清秦以麗的那番話，但李凱傑的心思太過明顯了，把孤男寡女湊合在這溫泉行館，分明就是想讓他們擦槍走火，她可不是傻子。

她靈活的大眼轉了轉，臉上再漾一笑。

「我最近吃了太多大餐，既然凱傑不會來，我們去吃點別的好不好？」

✿

對於吃什麼戚瑋沒想法，沒料到還能再見到她，只要錢心澄在，吃什麼都好。既然他沒意見，錢心澄上網搜尋了北投知名的熱炒店，將地址輸入到車上的導航系統。

見到他微微挑眉，似乎有些意外她會想吃熱炒，錢心澄笑意盈盈地解釋：「老實說去高級餐廳吃飯都太拘束，我想好好放鬆地吃個飯、喝個酒。」

美萊雅行銷案以及俞涵熙的大麻事件讓她緊繃了好一陣子，好不容易兩件事都順利解決，她想毫無拘束輕鬆地吃飯喝酒釋放一下。

熱炒店離溫泉行館僅十分鐘車程，不一會兒便抵達。擁有兩層樓店面的熱炒店在用餐時刻人聲鼎沸、座無虛席，錢心澄領著戚瑋上前詢位。

「那邊可以坐。」店家朝不起眼的店角一指，是個矮圓桌配上兩張矮凳。

環顧一樓的座位都是一樣的矮桌矮凳，錢心澄開口問：「請問還有沒有其他位置呀？我穿裙子，坐矮凳有點不方便耶。」

穿著膝上緊身窄裙的她要是坐在矮凳上，除了不自在還得小心走光。

「二樓是有一般位啦，可是二樓今天被包場，不好意思啦！」店家無奈地道。

錢心澄面露失望。她就是想好好放鬆吃頓飯，這下可好，偏偏穿條窄裙，坐在矮凳上要是膝蓋頭一鬆就等著春光外洩。

正煩惱著，一團黑色的東西從眼角滑入視野。她轉頭一看，戚瑋將手上的西裝外套遞給她。

「用這個蓋著吧。」

她愣愣地接過外套，看著他坐到矮凳上拿過菜單研究，臉上禁不住泛起一抹笑，但微揚的唇角卻略帶惆悵。

他仍然是那個體貼的他沒變，可是這樣的他走入她心中後卻無法留下。

「你想吃什麼？」坐到他對面，她問。

「都可以，妳呢？」

「我想吃宮保雞丁、三杯中卷、蔥爆牛肉、客家小炒……你也點個你想吃的嘛，不然好像都是我在吃。」發現戚瑋正一一地照著她點的菜色幫她畫勾，錢心澄接過他手上的筆和菜單。「你要吃什麼？」

她已經點了四道菜，對兩個人來說已經差不多。「那蛋花湯吧。」他加了個湯。

「居然只要蛋花湯……搞得好像我很貪吃……」給蛋花湯劃上一筆，錢心澄嘛嘴嘟囔道。

戚瑋淡淡一笑。「妳點的我也愛吃，四菜一湯差不多了。」

跟她在一起時嘴角總不自覺會上揚，這樣愜意自在的相處似乎回到了那段甜蜜的時光，凝視著她的眼神流露出自己都沒察覺的柔意。

錢心澄交了菜單，拿了罐啤酒開瓶。

「不好意思喔，我自己喝了。」對開車不能喝酒只能看她開喝的戚瑋舉瓶致意一下，錢心澄喝了口啤酒，一臉滿足地大嘆。「啊，好棒，吃飯還是這樣最好了！」

「最近工作忙嗎？」她隨意問。

「還好。」簡短的回應後又覺得這樣好像有些冷淡，戚瑋再開口道：「最近新客戶的公司帳目問題很多，可能有呆帳或是假帳，稍微要花點心思。」

「呆帳就是指收不到錢吧？」

戚瑋點點頭。

錢心澄默默地仰盡手中的啤酒，盯著空罐的她表情空洞像出神般若有所思，半晌才自言自語地輕聲喃道：

「不就是像我嗎……收不到回應……」

戚瑋聞言一愣，黑眸閃過一絲波紋。

回過神揚唇對他笑笑，好似沒發現自己的細喃飄進了他的耳裡，錢心澄揚了揚了手中的空罐道：

「我再去拿幾罐過來。」

望著她離開座位的身影，戚瑋的思緒繞著她剛剛那句話打轉。

的確，對她來說，他就是呆帳無誤。而且還是那種，三番兩次收不到回應，從此被封鎖的黑名單。他低垂的黑眸黯淡，望著自己攤開的掌心。這些時日以來他思思念念的就是希望能再見她一面，如今她就在眼前，他能有勇氣跨出那一步嗎？

「怎麼了嗎？」提了一手啤酒回到座位的錢心澄見他發著愣，出聲問道。收回思緒的他表面維持鎮定，接過錢心澄遞來的綠茶。

「沒事，在想工作的事而已。」

替自己倒了杯綠茶，戚瑋慢慢地開口：

「我在想，為什麼即使最後的結果可能會是呆帳，卻還是有人願意孤注一擲……」彷彿怕洩露自己心思，他停頓了下後再補充了句：「畢竟呆帳就是虧損。」

她不一定曉得戚瑋的意有所指，但他的問題卻觸動了她心頭所思。開了罐啤酒喝了一口，眼簾低垂的她半晌才幽幽地道：

「可能因為一開始都是心有期待吧……」淡然的語氣像是以第三者旁觀的角度說出，但一字一句卻隱隱刺痛著她的心。

感受到戚瑋投注而來的視線，她不疾不徐地再喝了口啤酒。

心裡的傷口仍在作疼，一陣一陣的抽痛像是在控訴他對她的傷害。但這樣不行，她不是跟自己說好了，把他當成公事來往的對象，不再投射任何私人情感在他身上嗎？既然這樣，她就不該感到心痛。

她揚唇露出在交際場合習慣掛著的微笑，戴好這面具，不再讓他有機會掀起心中的洶湧波濤。

微笑的面具像道防火牆隔開內心的情緒，讓她能含笑侃侃而談，像是電影裡事不關己的旁白。

「我家開水電材料行的，收不到貨款也是偶爾會發生，但我爸也沒有因此不讓人賒帳。他說如果催款三四次還收不到錢，那以後當然從此拒絕往來，但如果一次機會都不給人就直接列黑名單的話，就是自己太不會做生意了。說不定對方是誠心誠意的，自己卻關了大門不給機會……況且也不是隨便什麼人都可以……」

似乎還想說些什麼的她頓下語氣，杏眸掃了眼他，淺淺一笑後聳了聳肩，啤酒就口又喝完一罐。輕盈的語調讓人無法捉摸她究竟只是平鋪直敘或是話中有話，但戚瑋驀然一怔，她的話像風箏在腦海盤旋，擊中了他。

他把愛當成會計科目，斤斤計較可能付出的機會成本，自以為拒絕去愛才是最好的選擇，將她推拒在外。但沒有了她的他卻是日夜思念，對她造成傷害，對自己也是煎熬。

為了保護自己，卻失去了她，這代價孰輕孰重，讓他迷惘了起來。

望著眼前的她，戚瑋按在膝上的手忍不住猛然緊握。

見他默然沒有回應，錢心澄開了罐新的啤酒舉到他面前轉了話題。

「那個，我要謝謝你，涵熙的事幫了我一個大忙。」

戚瑋替自己倒了杯無糖綠茶，與她碰杯。「沒什麼。」

「其實我很好奇……你是怎麼說動戚氏基金會的？」錢心澄直接轉進正題。「我們也跟戚氏基金會接洽過，但馬上就被拒絕了。」

她沒忘記戚瑋曾說過秦以麗和他關係惡劣，能夠讓秦以麗採用他提出的人選，肯定用了什麼方法，而這手段還讓秦以麗恨得牙癢癢。

「我沒做什麼，只是請珠姨傳話，表示俞涵熙是個不錯的人選供他們參考而已。」他四兩撥千斤地道。

要是錢心澄沒在洗手間聽見秦以麗那番話，只怕真的會被戚瑋糊弄過去。

她將手上的啤酒仰頭而盡，開口嗓音略悶。

「為什麼你都不肯說真話呢？」不只是這件事如此，從以前他就都是如此，從不讓她了解他真正的想法。

戚瑋微怔，沒料到她會這樣說。

「我聽到秦以麗抱怨你，雖然不知道是怎麼回事，但肯定是你用了什麼方法。」她眼眸一揚，一雙清亮的大眼目不轉睛地看著他，不讓他有閃躲的機會。

菜餚上桌，默然無語的戚瑋只遞了筷子給她，緊斂的唇部線條似乎沒有鬆口的打算。

他的手段的確稱不上光彩，但只要能助她一臂之力，他願概括承受。

見他雙唇緊閉，一如他密封的心扉從不讓人一探究竟，自己永遠被他排拒在外，臉上的微笑面具瞬時崩解，她感覺眼眶一陣熱，又開了罐啤酒一口氣仰頭而盡。

「妳這樣空腹喝酒會醉。」他出聲提醒，她還沒吃飯就已經喝了四罐。

錢心澄彷若未聞，開了第五罐仰頭又是一飲。

戚瑋按住她的手阻止她。「心澄！」

面頰暈紅、表情有些迷濛的她抬起一雙泛著水光的眸望著他，細聲道：「我很沒用。」

「為什麼這樣說？」他心窩一緊，原本按住她纖腕的手轉為緊握。

「每次我有需要時你總會出現，」凝睇著他俊雅的臉，他的體貼呵護一幕幕在腦海掠過，豆大的淚珠禁不住自眼眶滑落。「但我什麼都沒為你做過，可能在你痛苦也需要幫助的時候我卻從沒發覺，我真的很差勁。」

沒想到她會這樣否定自己，他眼裡流露不捨。「不是這樣。」

真正差勁的人是他，他如同貪戀冬日暖陽般地流連在她身邊，可當她願意叩門而入與他相伴之時，又緊關心扉只想保護自己，任她遍體鱗傷的獨自垂淚。

即使他低沉嗓音刻意壓抑心中早已漣漪片片的心湖，但一雙黑眸卻無法遮掩苦痛交織的情緒。望著他痛苦與情感滿溢卻又糾結拉扯的雙眸，錢心澄淌著淚水的臉上出現一抹淒楚。

「不要再那樣看我了，我真的很想忘記你，也很想當作什麼事都沒有，但我好像還做不到。」

原本以為可以裝作無事，就只是像工作般尋常地與他應酬交際，但是她高估自己了，對著這個反覆讓她心灰意冷的人，她無法立刻將那些曾經美好卻也痛徹心扉的回憶歸零，裝作一切都雲淡風輕地面對他。

她已經精疲力盡，決定不再折磨自己。

「你可以幫我最後一個忙嗎？跟我說所有的一切都只是我自己多想，好嗎？」語帶請求地希望他當最後一次劊子手，粗暴殘酷地再傷害她一次，讓她徹底心死才能不再對他帶有眷戀。

「我說過，妳沒有多想。」聲音粗啞得像被磨砂紙磨過，害怕失去她的恐懼像藤蔓攀附而上。她才剛出現在他身邊，他才剛重溫兩人相處在一起的美好，不願她如曇花一現般短暫又再次消失。戚瑋抓著她纖腕的力道不自覺加重。他到底該怎麼辦？

一串淚珠又從臉頰滑落，鼻頭泛紅的她哽咽一聲。「你不能這麼自私，你無法給我承諾卻又不放我走，這樣太自私了。」她放下拿著啤酒的手，覆到他握著自己手腕的炙熱。「放開我好嗎？」噙著淚珠的大眼散發著堅定，她是真的不想繼續在這看不到盡頭的迷宮打轉了。

她的淚眼求去緊攪他的心，握住細腕的手更是不願鬆開。理智與情感在他心中交鋒鏖戰，他知道放開她才能不再傷害她，但他又希望自己可以將她留在身邊。

錢心澄想掙脫手腕上緊箍的力道，卻無力可施。

「拜託放開我，我不想再這樣了。」她幾乎是哭喊地道，一字一句像針一樣扎刺在他心頭。「既然不想跟我在一起，為什麼又不放我走？」

「誰說我不想？」理智再也箝制不了，他突然喝聲出口。

她一愣。「那為什麼？」她吶吶地問。

「我……」戚瑋低下頭，不願讓自己心如刀絞的痛苦顯露在她面前。

他仍是害怕受到傷害，但此時他卻更害怕失去她。那晚眼睜睜地看著她離開，好不容易再見到她，他無法再放手讓她離去。

垂眼望著地面，聲音低啞得幾乎融入熱炒店內的喧嘩，卻是他鼓足了勇氣才得以緩緩說出的。

「……我很想擁有妳，但又怕失去妳。」

錢心澄的粉唇顫抖著，她等了這麼久，終於聽到了他深藏於底的真心話。

他抬頭深吸一口氣，說出隱埋在心的糾結後，原本壓在心頭的沉重瞬間輕盈不少，一雙清澈的星眸凝視著她。

「是妳照亮了我，但是我一直在傷害妳。」他低沉的嗓隱藏著許多自責。「我很抱歉。」

一句話引出她更多的眼淚在面頰上泛濫成災。

「為什麼？為什麼要這樣？」她淚流滿面，只能不斷重複這些時日以來一直占據在她腦海裡的十萬個為什麼。

一聲輕嘆緩緩地自唇縫中溢出，戚瑋的黑眸思緒複雜。若他能再將自己掘得更深，如實坦白一切，或許就能避免同樣的事情一再發生，但那樣痛苦的回憶，每碰觸一次就是對自己又一次的凌遲，他沒有跨出那一步的勇氣。

「有些事我說不出口……」乾澀的嗓音有著痛苦與掙扎，他將她的手按在自己的左胸前。「有些東西破洞後很難癒合……但我會努力。」他只能言盡至此，無法再往內掏挖。

蔥白的手指撫在他的左胸前，這健壯的胸膛之下隱藏著一顆傷痕累累、破碎不堪的心嗎？錢心澄抬眼望見他那雙帶著痛楚卻又堅毅的星眸，一串心疼他的淚自眼角落下。

「沒關係，我會在這裡。當有一天你想說出來時，我都在這。」

溫暖又堅定的字句像暖流灌注進他的心房，撫平了他心中那渴望愛卻又怕被愛傷害的糾結與拉扯。他抬起她的頭，以指尖輕輕拭去她頰上的淚痕。她總似暖陽般和煦地接納他，一道上揚的弧度在他臉上蕩漾而開，頭一低將形狀好看的薄唇落在她額際。

「謝謝妳。」他低喃道。

錢心澄嘴一嘟，抬起頭閉上眼似在暗示他。戚瑋隱隱一笑，以手背輕貼上她的粉唇。

「這邊人很多。」雖然他倆位處角落相對隱密，但他仍瞥眼店內道。

睜開眼，她小嘴一噘、粉黛輕擰頗有抗議之意。

「先吃飯吧，菜都要冷了。」揉了揉她的頭像安撫小孩般。「而且空腹喝酒很容易醉又傷胃。」

「不這樣怎麼逼你說出實話……」她細聲嘟囔。

「什麼？」沒聽清楚的他問。

「沒什麼。」錢心澄對他一笑。「快吃吧！」

像回到了往昔開心的時光，兩人說說笑笑地一起吃飯。

「這家店好好吃喔，難怪在網路上評價很高。」桌上菜餚幾乎完食，錢心澄撐得小腹微脹，一臉滿足。

「要不要再點些菜？」他拿過菜單端詳，一手拿筆準備畫單。「滑蛋炒蝦仁妳喜歡嗎？還是炸豆腐？」

「欸，我吃不下了！」錢心澄忙揮手制止。

戚瑋睇了她一眼。「妳變瘦了。」眼尖的他一眼就看出身形本就纖細的她更加清瘦。

「最近比較忙……」她瞅了他一眼，笑了笑沒再說什麼。

雖然她沒說出口，但他知道自己也是讓她消瘦不少的原因之一，黑眸底滿是自責又是對她不捨。放下菜單，大掌覆上她的玉手。

「抱歉。」再多的道歉似乎也彌補不了心中對她的愧疚。

「不要再道歉了。」錢心澄臉上帶著甜笑。「跟你說個好消息。」

他眉一挑，好奇她的好消息是什麼。

「涵熙的事處理完後，凱傑除了幫她續簽委託合約外，合約價碼還翻了幾倍，大老闆開心得不得了。」她頓了一下，對他燦爛一笑。「下個月開始我就是部門經理了喔！」

「恭喜妳了。」被她的喜悅感染，戚瑋的臉上也綻放光彩，真心為她高興。

「我可以升職，你是幕後的大功臣。」她語氣一頓，語帶試探。「所以我真的很好奇你是如何說服戚氏基金會的，我想學起來，若之後還有類似的事情可以派上用場。」她可沒忘記要從他口中得到答案。

聽到她又提起此事，戚瑋臉上的笑黯淡許多，低眸淡淡地答道：「不是用了什麼很光彩的方法。」甚至說是小人步數也不為過。

錢心澄偏頭似乎想著什麼，半晌緩緩開口。「你還記得以前在餐館打工時，有一次你做錯飲料讓我被客人抱怨嗎？」

戚瑋點了點頭，卻不明白她何以突然提起這件事。

「那時候你很過意不去，還說做錯事的人沒人愛。其實你很害怕吧？怕不夠完美的自己會讓身邊的人離開你。」

他渾身一僵。她的一字一句像命中靶心的箭矢，準確且銳利地射中他內心那塊暗黑之地。

「但你不用害怕呀，因為我一直都會在這。」她握住他的手，一對澄澈的大眼凝望著他。「我不在意你完不完美，因為你就是你，我就喜歡這樣的你。」

她的一席話像一陣和煦的薰風，溫暖地包容撫慰了他，輕柔地撫平他糾結成團的心，多年來他為了保護自己築起的牢固心防在這陣暖風的吹拂之下風化了一半。

望著她一雙澄亮似水潭的眼眸，他第一次感覺到自己被完全接納，慢慢地開口。

「我查了一下基金會的帳，發現秦以麗把公款挪用作私人花費，所以跟她做了協議。」說是協議，但也跟威脅相差不遠了。要是此事曝光，不僅基金會名譽掃地，秦以麗或許還落得鋃鐺入獄。

錢心澄瞪大眼睛，隨即噗哧一笑。「難怪她那麼生氣。」

戚瑋面露疑惑。

「我在廁所聽到她罵你壞她好事，在我看來，你還真是做了件好事。」她淘氣地對他眨了眨眼。

「下次見到她，我遞張名片給她。說不定她很快也會需要我們幫她處理公關危機。」

他輕輕一笑，漆黑的眸心滿盈對她的情意。在她身邊，他再也不必害怕不夠完美的自己。

店內突然起了一陣喧譁騷動，循聲望去，原來是二樓包場的客人散席一一下樓。帶著酒意的喧鬧不時夾雜髒話互相叫囂，手臂與腿肚間的刺龍刺鳳表明了此群來客背景的不單純。

「吃飽了我們就走吧。」這裡龍蛇混雜，也擔心嬌美豔麗的錢心澄會招來不必要的覬覦。

「還有點早欸，明天放假耶。」跟他離座一同往櫃檯結帳買單。

「那妳還想去哪？」他掏出信用卡交給店家。

「嗯……」她想了想。「這裡離陽明山不遠吧，去看看夜景如何？」

他挑起一邊眉。看夜景，當然好，他還知道個好地方呢。

結完帳轉身，兩人身後站了個魁梧粗壯的平頭男子也等著買單，大面積的鬼頭刺青從手臂延伸到穿著背心的胸前。男子見到面貌姣好的錢心澄不自覺多打量了兩眼，戚瑋的臉部線條一繃，伸手摟住錢心澄的細腰，頗有宣示主權的意味。

接收到戚瑋的訊息，男子滿臉興味地嘖嘖兩聲，似乎在表達豔羨。

「阿虎，錢算好就快去開車來，峰哥很醉了。」一道細柔女聲從名叫阿虎的人身後傳來。

本欲帶錢心澄離開的戚瑋渾身一僵，停頓在原地，錢心澄疑惑地抬頭望他。

「好，大嫂，馬上好。」

戚瑋緩慢地轉頭，與那道聲音的主人對上視線。

女人愣愣地盯著戚瑋半晌，細聲喃道：

「小瑋？」

短短的兩個字瞬間將他的思緒拉回到那個放學的午後。精心打扮的媽媽滿臉期待地坐在客廳，準備迎接新的人生篇章；他無聲跪在漆黑一片的房間裡，成績單碎片散落在腳邊。

「……小瑋。」林亞淑年近半百仍貌美如昔的臉上夾雜著猶豫與欣喜。

戚瑋緊牽住錢心澄，手心卻滿是冷汗。「我們走吧。」

他動作僵硬地帶著錢心澄離開，滿是疑惑的錢心澄回頭望著林亞淑，看見她呆愣的臉上浮現一抹落寞。

九、渴望的只是獲得一點愛

車子駛進戚瑋在陽明山的別墅，停妥車熄燈，領著錢心澄走進屋內。一路上他臉色緊繃不發一語，察覺他的不對勁錢心澄也默不作聲，僅暗自在心裡猜測熱炒店的那個女人與戚瑋是什麼關係。

打開燈照亮客廳，他示意錢心澄坐到，走至廚房拿了杯子想裝水，卻不知為何手滑，玻璃杯哐啷一聲掉至地上。

錢心澄一驚，聞聲上前查看，見到地上碎裂成片的玻璃杯。

「你還好嗎？」她擔心地問。

「沒事。」戚瑋蹲下想撿拾碎片，卻傳來一陣痛感讓他立刻收回手。「嘖！」豆大的血珠從指尖滲出。

錢心澄抽來幾張面紙按住他的手指。「我來收拾吧，你先止血。」

「我沒事。」他粗魯地用面紙擦掉血跡，又想繼續清理玻璃杯碎片，指尖汩汩流出的血一滴兩滴地落在大理石磁磚上。

「戚瑋……」

她想阻止他，他卻突然暴喝了聲。

「我說我沒事！」

望見她驚慌的大眼，他才發現自己情緒失控。

「抱歉。」他懊惱地抓了抓頭髮，氣憤自己怎麼過了這麼久還無法冷靜面對林亞淑的出現，又怎麼轉移情緒給錢心澄。

「沒關係……」錢心澄蹲到他身邊輕聲道：「你先去旁邊休息，這邊我來收拾，好嗎？」

戚瑋伸出雙臂抱住她，緊擁的力道像是表達著歉意。錢心澄拍了拍他的背，安撫他表示沒關係。

一向冷靜自持的他突然變得暴躁，讓她對林亞淑是何許人更感好奇。

收拾完玻璃碎片，錢心澄倒了兩杯水回到客廳，遞了一杯給坐在沙發上的戚瑋。

「還流血嗎？」坐到他身邊，她問。

他搖了搖頭，放下水杯，伸手將錢心澄攬進懷裡。「剛剛真的很抱歉。」附在她耳邊低喃的嗓音滿是歉然。

「沒關係……」她笑了笑要他別在意，將臉貼在他寬闊的胸膛。「手不流血了，那……這裡呢？」手指點了點他左胸。

果然瞞不過她。將她的指頭按在胸前，薄唇開了又闔，一觸碰依然滲血的回憶卻梗在喉際發不出聲音，低垂的眼眸像是灰階般黯淡。

這些年來他將自己武裝得極好從未對誰傾吐過，被一生中本該最親密依賴的人拋棄，從此他不動聲色地掩埋所有喜怒哀樂，再也不願交出自己讓他人有機會再次毀掉他。

望著眼前的錢心澄，是她點亮了他塵封的心室，讓他發現自己還有微笑的能力。他知道她願意接納自己的一切，但陷落在動彈不得的沼澤許久，即使她對他伸出了手，他卻不知道該如何跨出第一步。

見到他的欲言又止，錢心澄起身，在他還沒回神之際關掉室內所有燈光，客廳瞬間陷入一片黑暗。感覺到旁邊的沙發一陷，錢心澄坐回他身邊，伸手環住他腰際，輕靠在他胸前。

「這樣就不會有人看到你了，不用害怕。」她柔聲地在他耳邊輕聲說道。

漆黑中一抹屬於她的暗香若有似無地飄散左右，柔軟的身軀貼附在身邊溫熱地熨燙他，他好似被溫暖的海洋擁抱，放鬆了緊繃的身軀。

「所以那個女人，是誰呢？」錢心澄細聲地問。

在暗色的遮掩下他看不見錢心澄的表情，錢心澄也看不見他，似乎不用害怕被看穿他最脆弱的一面。

薄唇微啟，男性的喉結上下滑動了兩下，有些乾澀的喉嚨裡朦朧地擠出三個字。

「……是我媽。」

「好像第一次聽見你提起。」仔細回想，她才意識到聽過戚瑋提過父親、繼母、奶奶，唯獨媽媽這兩字從未自他口中出現過。

「她結婚後就沒再見過面了。」

「……結婚？」錢心澄略帶疑惑地重複這兩個字。

「她跟我爸沒有婚姻關係……」他吞嚥了下口水潤溼過於乾燥的喉嚨，才再緩緩說出。「我是私生子。」

錢心澄一愣，隨即明白秦以麗何以對他態度如此輕蔑。

「她跟我爸是在酒店認識，她本來以為靠著小孩就可以嫁進戚家，沒想到奶奶知道她的背景後強力反對，而我爸也根本沒想過要娶她。除了奶奶堅持小孩要姓戚外，她根本連一步都踏不進戚家大門。」他停頓了下，黑暗遮掩了他臉上的痛苦。「她很恨我爸，也很恨我吧，是我們兩個毀了她的人生。」

聽見他語氣內滿溢的痛楚，錢心澄不捨地緊摟著他。

「她唯一會對我笑的時候，就是我考試一百分的時候……小時候每次考一百分她就會買一罐養樂多給我喝，那大概是我最開心的時候。

我爸那時遊戲人間，奶奶看他沒有要定下來的打算，把我當成唯一的孫子，一直想讓我回戚家，而她就利用這點還有我的成績跟奶奶拿錢。

她一直在等有一天我爸玩膩了或等奶奶過世，他回頭想起還有個兒子在外就會娶她進門。結果國中時我爸娶了繼母，她知道這條路行不通了，馬上找了他人，把我丟回戚家。那時我才知道，」他嗓音一哽。「原來沒人需要我，我只是個沒有利用價值就被丟棄的棄子。」

他將頭仰靠到沙發背上，黑暗中眨著的眼眸似乎閃著亮光。

「之後我根本無心讀書，成績一落千丈，即使快大考了也覺得一切都無所謂。後來繼母懷孕，有天我聽見奶奶跟我爸說，如果早知道繼母會懷孕，我又這麼不上進的話，當初就不會讓我回戚家。我那時可能太害怕了，不想再被拋棄，所以還是認真讀書考上了第一志願，奶奶對我又像以前一樣和藹可親了。」

他揉了揉臉，嘴角揚起一抹嘲諷的笑。「我好像是個物品，有利用價值才有存在的意義。」

家人間無條件的愛在他身上從不成立，就連對他付出的關心猶如秤斤論兩地視他有多少價值才能等價獲得。

感覺胸前一陣溼涼，他低頭用手指輕撫她的臉頰，卻觸到一片淚痕。

「怎麼了？」他抹掉她臉上的淚。

她不捨地緊擁住他，彷彿看見帶著渴望的眼神在名為愛的門外徘徊卻不得而入的他，心疼的淚水不住地流下。

「怎麼我沒哭，反而是妳哭了。」揉了揉她的頭，戚瑋淺淺一笑。

「我很生氣，他們怎麼可以這樣對待你。」她用手背擦掉眼淚，眸心有著一抹慍色。抬頭望著他俊逸的臉，伸手撫上他的頰。「可是我又很心疼你，一直以來你過得這麼辛苦，但我卻什麼都不知道，也沒為你做過什麼。」

握住她觸在頰邊的手，他低頭凝望她。「妳做的很多了。」

是她給了他敞開心胸的機會，否則他永遠不會知道自己還能愛人與被愛。

「之前你自己一個人背負著這些痛苦，現在有我跟你一起分擔。」緊握他的手，她一雙清澈如星的眸堅定地望著他。「還有從今天起，有任何事都跟我說好嗎？不要再像以前一樣把我推開了。」想起之前的痛，眼眶忍不住又是一紅。

「抱歉，」他一把將她摟進懷裡。「不會了。」

伸手緊緊環抱住他，埋首在他的肩頸間呼吸著他的男性氣息，感受到他溫熱的鼻息呼在自己的頰邊。她雙手勾住他的脖頸將他的頭拉低，柔軟的粉唇輕輕地覆上他稜角分明的薄唇，溫軟地親吮著他。

他有些意外，但隨即捧起她的臉將她吻得更深，在她不自覺朱唇微啟嬌喘一聲時趁勢長驅直入，勾住她的丁香小舌纏綿繾綣地與她纏繞。

雙手扣在他頸上，她將身子的重心往後一倒讓他壓在自己身上，戚瑋停下纏綿的熱吻，望著她的黑眸深處有火光熠熠灼燒。

她該知道再這樣下去會發生什麼事。

迎著他的目光，她星眸微瞇，朱唇揚起一抹魅惑的笑，抬起長腿往他身軀一靠，柔軟的大腿內側輕輕地在他腰際磨蹭，像根火柴般瞬間將他的情慾點燃。

用肩頂住她的長腿，他的指尖輕輕地撫過她的腳踝滑至大腿根處，在腿的內緣不安分地游移。輕撫的搔癢讓她禁不住扭動身軀，一聲聲自粉唇中漫出的細碎呻吟讓他體內炙熱的慾火燒得更旺。

他覆上她的唇狂妄且霸道的汲取她的甜美，溫熱的掌心罩住那豐滿的渾圓揉捏她的美好。被撩起情潮的她媚眼如絲，主動伸出小舌與他相纏，原本勾在他頸上的手移到他胸前解開襯衫上的衣扣，伸手撫摸他赤裸的胸膛，他卻一把抓住她纖細的手腕，將她雙手扣至頭頂。

「別這麼急，」嘴角勾笑的他黑眸閃爍，低沉渾厚的嗓音在她耳邊低喃道：「我們慢慢來。」

窗外的雲幕散開，皎白的月光灑落在沙發上兩抹交纏的身影。

而這夜，還很長。

❀

睡夢中的錢心澄眉頭一揪，想伸手抓抓臉頰，卻發現自己全身有氣無力，連想睜開眼縫的力氣都沒有。還在掙扎時，臉頰的搔癢停止了。

太好了。她嘴角淺淺一揚。可以繼續睡覺了。眉間舒緩，準備再回頭找周公下那盤未完的棋。但不知為何，總感覺有道炙熱的視線在旁，讓她不得不勉強睜開眼縫看看究竟是怎麼回事。

「吵醒妳了？」戚瑋那張好看的臉赫然映入眼簾。

早先起床的他望著身邊的她睡顏恬靜，忍不住伸手輕撫她的粉頰，卻見她細眉輕擰，不小心喚醒了她。

錢心澄原先還半睡半醒的濛眼赫然瞪大，昨夜的事如電影膠卷一幕幕浮現，他是如何熱切地索求她，她也熱情地回應他，從客廳沙發至浴室再到臥房都是他們激情的足跡。

一陣紅潮自兩頰漫起，錢心澄下意識拉起被單遮住自己一半的臉，但肘間傳來的痠痛讓她不自覺悶哼一聲。

「哎呀。」眉心忍不住一擰。

「不舒服嗎？」棉被底下，他伸手環住她的細腰，赤裸的身軀緊緊相貼感受她的溫暖。

「痠痛。」她哭喪著一張臉。許久沒有這樣激烈的運動，全身的關節宛若打架般向主人提出抗議。

「要不要泡個熱水澡，會好一點。」他也知道自己折騰了她整晚，身為罪魁禍首，他提出補救的方法。

還未從疲累中恢復的她沒多加思考便點頭答好，閉上眼繼續留戀被窩的美好，只聽見他起身進到浴室旋開水龍頭的聲響。

半晌他走回床邊坐在床沿，低頭靠近她輕聲道：「熱水放好了。」

微睜開眼，嘴角帶著一抹笑的他看起來好迷人。錢心澄兩手伸出棉被，往他一張。

「抱我。」紅唇微嘟的她軟著嗓音撒嬌。

可愛的嬌態像根羽毛搔了搔他的心底，臉上的笑意更深了。掀開棉被，站起身的他一把打橫抱起纖細輕盈的她。錢心澄手環著他寬闊的肩，靠在他胸前的小臉漾起幸福又滿足的笑。

小心翼翼地讓她坐進浴缸，戚瑋也踏進浴缸坐到她身後，讓她的裸背緊貼著自己的胸膛。

浸潤在溫熱的浴水裡，她白皙的皮膚染起潮紅，感覺輕盈地彷彿飄浮在空中，原本的痠痛舒緩了許多。

「舒服點了嗎？」湊在她頸側輕啄了下，他問。

「嗯。」滿意地點點頭，她仰頭靠在他的肩上。

「要不要幫妳按摩一下？」

背對著他，沒看見那對細長的黑眸閃過一絲壞意，沉醉在熱水浴的她雙腮紅潤、眼眸微張點了點頭。

側過她的臉蛋，他的薄唇吻住她的，吮啃得她唇瓣泛癢。一手滑過嫩白的背從後方握住她的豐盈，以指尖撫弄那嫣紅如珠的蓓蕾，另一手探到她的雙腿間揉捻那最細緻的軟嫩，讓她敏感的身體起了一陣顫慄不自覺想合攏雙腿，卻發現早被他的長腿扣住動彈不得。

「你！預謀！」發現自己誤上賊船，她撇開他的唇，豔紅著一張臉蛋嬌斥。

「來不及了。」低啞著嗓的他再強勢地欺上她的唇瓣，將她所有的抗議吞噬。

炙熱纏綿的情慾隨著氤氳熱霧瀰漫於室內，浴缸水面盪起絲絲波紋直至陣陣狂瀾才緩緩歸於平靜。

❀

「帥哥，你的火腿蛋不加美乃滋、鮪魚蛋餅還有兩杯冰奶。」早餐店老闆娘將方才戚瑋點的餐點送到桌上。

「謝謝。」他將火腿蛋吐司推到錢心澄面前。「快吃吧。」

長髮紮成馬尾的錢心澄素著一張臉蛋少了平時帶妝的豔麗，圓眸大眼以及粉潤的蘋果肌看起來清新俏麗，只是眼眸底下兩抹黑影道出她的疲憊。

早上加演的那場延長賽讓原本就關節打架的她更加瘆懶，要不是肚子真的餓了，廚房冰箱裡又什麼都沒有，她還真想一整天都賴在床上不起身。瞥眼睨視吃著蛋餅的他，為何明明一樣鏖戰數場，他卻看起來那麼神清氣爽，跟這裡瘆那裡痛的她形成如此強烈的對比？

吃到一半，發現她的火腿蛋吐司動也沒動，戚瑋抬眼回望她。

「怎麼不吃？」

「為什麼，」她粉唇微嘟。「你看起來好像什麼事都沒有？」

戚瑋一愣，隨即知道她意指何事，嘴角哂起一笑慢條斯理道：「可能，姿勢有差吧。」

淡淡的一句話勾起讓人臉紅心跳的畫面，錢心澄的粉頰霎時抹上紅豔，一雙眼睛瞪得老大卻說不出話來。

「哈哈哈。」見到她害羞的模樣，戚瑋忍不住笑了出來，俊逸的五官更添爽朗。

但錢心澄可沒心思欣賞他的帥臉，美眸一瞇心想這傢伙真是太囂張了，豈能不治治他。

拿起面前的火腿蛋吐司咬了幾口，唇角邊沾了些許吐司屑屑，她身子往前一靠湊到他面前。

「幫我擦嘴巴。」她甜軟著嗓子撒嬌。

戚瑋從旁抽了面紙準備往她嘴上一抹。

「不是那樣擦。」她嘴一噘。

他頓下動作，改用另隻手往她嘴角伸。

「我要這樣擦。」

說時遲那時快，她起身往前一探，柔軟的雙唇不偏不倚地印上他的唇心，彷彿挑逗般還逗留親吻了一下才離開。瞧見事發瞬間的隔壁桌客人舉到一半的蘿蔔糕還定格在空中，瞪眼望著甜蜜得過火的他倆。

戚瑋的頰邊突然有些暗紅，嘴角的弧度微妙表情複雜，似乎有些開心又有些難為情。半晌，他以手扶額揉了揉臉。

「快吃。」修長的手指比了比她的火腿蛋吐司。

兩人獨處時他活像大野狼巴不得把她拆吃入腹，在外頭大庭廣眾下又純情得跟什麼一樣，這個戚瑋啊。

看來知道以後怎麼治他了。錢心澄臉上亮起勝利的微笑。

❀

吃過早餐，天氣晴朗陽光明媚，兩人走到早餐店對面的公園散步當消化運動。初陽和煦、林木茂密，牽著他的手順著公園步道漫步，錢心澄像隻小麻雀嘰嘰喳喳地說著從前。

「這邊離以前我們打工的餐館不遠欸，但我怎麼都沒來過。不過那時就只是上班下班，是也沒閒情逸致來公園散步啦。」她晃頭晃腦地想了一下。「不知道老闆娘現在過得如何。」

離開餐館後跟老闆娘也沒聯絡了，雖然多年後趁拜訪客戶時有重回舊地，但餐館早已換了招牌。

「她住附近而已，說不定現在也在公園裡運動。」

「你這麼清楚？」她好奇地問。

「老師前陣子開始用Line，她用電話號碼加了我好友後，有時早上會傳她在公園拍的早安圖給我。」

錢心澄先是一愣，隨即噗哧一笑。

「哈哈哈，那你會回她嗎？」想他那麼忙的人，還要被老闆娘的長輩圖轟炸，不禁覺得滑稽。

「多半已讀不回，有時太忙也不會點開。」但老闆娘似乎不在意，仍每隔一陣子就會傳早安圖來。

「很難得會跟老師保持聯絡這麼久欸，我跟我的老師們基本上就是畢業後從此沒聯繫。」

「……嗯，」戚瑋眼眸一低看著眼前的紅磚步道。「可能因為老師是少數關心我的人吧。」他淡淡地道。

想起昨夜他自白的那些話，錢心澄心頭一揪，緊握住他的手。

「還有我喔！」她對他眨了眨眼，燦燦笑著。

她的笑容像透過樹影灑落的陽光，溫暖地照射在他身上。戚瑋的嘴角也勾起微笑，望著她的目光滿是柔情蜜意。

兩人沿著步道走至溜冰場，欄杆圍起的場地內，一群銀髮族跟著前方的指導老師比劃著太極拳。運氣推行一圈後課程結束，散場的銀髮族三三兩兩地或聚在一起閒聊、或在樹蔭下喝水滑手機。

錢心澄刻意留神注意這一群長輩，半晌突然拉了拉戚瑋的手。

「你看，那個像不像老闆娘？」

她指著左前方一位靠在欄杆邊，戴著老花眼鏡滑手機的白髮老婦，側面神韻像極了老闆娘。

戚瑋定睛一看沒多說什麼，牽著錢心澄走到老婦旁喊了聲：「老師。」

老闆娘先是一愣，轉頭望見戚瑋時臉上露出又驚又喜的笑。

「戚瑋！好久不見了，你怎會在這裡？我才正要傳早安給你呢！」將老花眼鏡推到額頭上，她把手機亮到他面前，螢幕上是一張尚未發送的早安你好圖。

「老闆娘。」跟在戚瑋身後的錢心澄也喊了聲。

老闆娘仔細端詳了下錢心澄，半晌才以不太確定的語氣道：「心……心澄？」

「老闆娘沒忘記我，好棒喔！」兩人許久未聯繫，就算老闆娘忘了她也不足為奇，沒想到老闆娘還記得她的名字，讓錢心澄喜出望外。

「怎麼會忘記妳？最活潑可愛的心澄。」老闆娘語氣一頓，目光落到兩人牽著的手，一雙含笑的眼眸彎得像新月。「你們現在在一起了呀？」

錢心澄刻意不回話，轉眸看向戚瑋。

「嗯，老師，這是我女朋友。」將她拉近身邊，像是正式介紹般地道。錢心澄一張小臉早已笑得甜滋滋。

「真是太好了，從以前我就希望你們能在一起。」老闆娘欣喜地說。她拿起腳邊的保溫瓶，旋開蓋子喝了一口卻面露驚訝。「哎呀，喝完了。」

她看向戚瑋。「戚瑋，不好意思，可以麻煩你幫我去公園入口的便利商店買罐水嗎？我突然口渴，但水喝完了。」

「好。」他拍了拍錢心澄的手，示意她在這等他。

見戚瑋身影走遠，老闆娘對錢心澄暖暖一笑，邀她一起坐到樹蔭下的石椅談天。

「心澄，」老闆娘頓了頓似乎在思量什麼，半晌才繼續道：「戚瑋跟妳提過家裡的事嗎？」她語氣有些小心翼翼。

「嗯，他說過了。」錢心澄點了點頭。

「那就好。」老闆娘如釋重負般鬆一口氣。「我怕他沒跟妳提過，如果我先開了這話題就不好了。」她一手握住錢心澄，言辭懇切。「當初我就覺得如果是心澄妳的話，應該有辦法讓他敞開心胸，我真的很高興見到你們在一起。」

錢心澄淡淡一笑。要讓他敞開心胸還真是不容易呢，就算是她自己也是傷痕累累後才換來的。

「老闆娘，妳是見證人吧，那個時候的他。」

老闆娘眼眸一低，臉上的笑黯淡幾許。「每次想到這個，我心裡總是有些過不去。」

對上她疑惑的眸，老闆娘徐徐道：「那是他國三時候的事，再兩個月就要基測了，他卻突然一反常態，考試交白卷，課堂上不是睡覺就是做自己的事。我找了他來聊聊問他是怎麼回事，他說只是覺得很無聊，那些東西他早就都會了，不想一直做重複的事而已。因為他平時實在太優秀了，老師對於成績優異的好學生總會讓步，我也就由著他了，只叮嚀他還是要認真準備基測。結果，第一次基測，他連去都沒去。」

錢心澄雙眼頓時瞪大。居然連基測都沒去？這一段她可沒聽戚瑋提到。

「知道消息後我氣急敗壞地找他來問話，為什麼沒去考試？家裡的人都不管的嗎？我到現在還忘不了他那個眼神，一個十幾歲的小孩子怎麼會有那麼陰鬱的眼神。他說，『老師你說對了，沒人會管我。每個人都只是看我有沒有利用價值，妳也是一樣』。」老闆娘滿是歲月痕跡的眼尾瞇了起來，陷入往事。「後來聯絡到他母親，我才知道那段時期他發生了什麼事。考試交白卷、上課不專心已經是一種訊號了，一個青春期的孩子面對那些事，心裡早已分崩離析，我們這些大人居然都還只關心他的成績究竟好不好、上不上得了第一志願，身為老師，真是失職。」

老闆娘嘆了口氣。

「可能為了彌補我的愧疚，也不忍心看到一個優秀的學生因為這樣而毀掉未來，之後我三不五時會找他聊聊，幫他補進度準備第二次基測。還好他後來想通了，第二次考試有認真準備，沒讓自己的人生翻覆。看他現在過得很好，我也放心了。」如今他事業有成，身邊也有人相伴，老闆娘欣慰地淺淺一笑。

「其實他很感謝老闆娘，只是不會表達。」想起方才戚瑋提到老闆娘是少數會關心他的人，錢心澄替拙於表達情感的他傳達對老闆娘的謝意。

老闆娘笑瞇一對眼，輕拍了拍她的手。「你們好好相處，有好消息一定要跟我說。」

遠遠地看見戚瑋拿著礦泉水走過來，錢心澄桃腮一紅。

「那可能還要很久。」才剛在一起，哪那麼快想到那地方去。

老闆娘笑了笑沒說話，待戚瑋走來，接過他的水起身道了聲謝。

「我還要去我兒子家看看我的小孫子，不打擾你們約會了。保持聯絡。」

送走老闆娘，錢心澄促狹地對他擠眉弄眼。

「欸，沒想到你以前也滿叛逆的嘛！」

戚瑋回給她一記疑惑的眼神。

「居然基測缺考，好大的膽子！」諒她吃了熊心豹子膽也不敢這樣做。

「反正不管第幾次考，一樣都會考上建中。」他聳了聳肩無所謂地道，畢竟讀書考試對他來說就像吃飯喝水一樣簡單。

「好囂張，」錢心澄嘴巴一噘。「就算給我考十次，我也是考不上雄女。」學霸就是可以這麼狂妄。

「考不上也好，」眼神看到她準備嚷嚷別瞧不起她，他不疾不徐繼續道：「妳要是考上雄女再上了台大，應該也不會在餐館打工了。」

那他們也不會相遇了。

讀出他心中沒說出的那句話，錢心澄笑開了臉，牽住他的手靠在他的臂膀旁，衝著他甜甜一笑。

「那算我賺到嗎？」

迎著她的目光，他輕輕地在她額上一吻，低聲道：

「是我。」

從一早進了辦公室戚瑋就沒停過手邊的工作，午休時間到了仍繼續辦公是常有的事。平時珠姨出去買午餐前都會通知戚瑋一聲，以免他臨時要交代事情找不到人。今天中午時間一到，辦公室門口照例傳來敲門聲。

珠姨開門進來，還不待她開口，戚瑋已經點了點頭以眼神示意說他知道了。通常接受到他的訊息，珠姨就會關門離開，但今天卻仍是站在門口。

戚瑋看向她。「有什麼事嗎？」

「接待說，有位林女士找您。」

「誰？」他眉心一皺，不記得自己與人有約。

「是一位叫林亞淑的女士，在外面等著呢。」

戚瑋的腦袋轟然一響，沒料到林亞淑會找上門。但她來做什麼？當初想拋下他就拋下他，現在想找他就來找他，她把他當成什麼？

「說我沒空。」他冷酷地回絕，繼續埋頭於桌前文件。

「好。那老闆，我出去買午餐了。」珠姨順便報備。

「珠姨，」他叫住正要關上門的她。「如果她再來，不用通報，直接打發就好。」

珠姨看起來有些詫異，從沒見過戚瑋下達這樣的指令，但礙於他是老闆的身分也不便多問什麼，點了點頭道好即關門離去。

林亞淑的出現雖像一顆石子在他心中激起小小波瀾，但他不想在意。或者是說，他不想再讓林亞淑有機會影響他，最好的方法就是當作這人已不存在，因此他也沒跟錢心澄提起林亞淑至事務所找他的事。

一個星期過去，珠姨敲門送了文件進來，戚瑋示意她放旁邊即可。離開之際，珠姨又頓下腳步，一張圓潤的福氣臉似乎有話想說。

「怎麼了？」注意到她還沒離開，戚瑋問。

「雖然你說過不用通報，但那個林女士……每天都來……」

儘管有點擔心自己會不會說錯話，但林亞淑每天都來，卻每天都碰壁。所謂見面三分情，珠姨覺得林亞淑實在有點可憐。而且仔細一看，林亞淑那雙細長漂亮的丹鳳眼跟戚瑋還有幾分相似，讓珠姨有些好奇兩人是什麼關係。

「我說了，沒空。」他嘴角一沉，冷酷的音調等同告訴珠姨別多管閒事。

見他臉色陰鬱，珠姨知道自己多嘴了，趕緊摸摸鼻子離開暴風圈。

她究竟想幹嘛？內心被激起一陣煩躁，戚瑋將手中的筆丟至桌上發洩那股躁氣。但越不想面對，腦中所思就越是繞著林亞淑打轉，連錢心澄都發現他的不對勁。

「你是不是有什麼事情？」洗漱完準備就寢，錢心澄見他躺上床，立刻窩了過來問。

從吃晚餐開始就覺得他有些心不在焉，依她的直覺，肯定是心裡藏了什麼事情。

將她攬進懷裡，聞著她身上的幽香，戚瑋原還不想提及林亞淑的事，但憶及曾答應過她有任何事都要跟她說，擱在她肩上的指尖纏繞著她捲曲的烏絲半晌後，才開口。

「她最近有來事務所找我。」

錢心澄雙眉一蹙，旋即意會他說的是誰。

「見到了嗎？」

戚瑋搖搖頭。「叫珠姨打發了……但聽說每天都去。」嗓音跟他心頭的思緒一樣沉甸甸的。

「你不想見她嗎？」她試探地問道。

他的眼眸閃過一絲猶豫，雖然腦袋本能地冒出不想兩個字，但他卻無法漠視心裡的糾結。

「可能覺得，見了也沒什麼意義吧。」或許不是不想，而是見了面也無法改變什麼。

錢心澄蜷臥在他胸前，側耳聽著他寬厚的心跳聲，手指頭在他胸口輕輕點了下。「你心中有沒有什麼疑問呢？如果有的話，見她一面問清楚，可能對你自己也有幫助。」

手指輕撫著她柔軟的髮絲，他低下眼眸默然不語，半晌才淡淡地道：「可能好奇，既然當初她那麼恨自己生下我，現在又何必來找我。」

「說不定，」錢心澄頓了頓後說：「她其實不恨你。」

戚瑋感覺內心一震，或許這是他最想聽到卻也是最不敢奢望的答案。小時候面對林亞淑喝醉後的謾罵，渴望媽媽多對自己笑一笑的小男孩才發現，原來自己就是讓媽媽不開心的原因，卻也不知道自己做錯了什麼。

見他眼中思緒流轉彷若跌入回憶的漩渦，錢心澄伸手環住他，在他頰上一啄，喚回他的心緒。

「如果心裡想的那麼多，不如見對方一面問清楚吧。」她暖暖一笑鼓勵他。

她說的也許正確。越是逃避，那些不想面對的陰影才越是追著他跑，鼓起勇氣正視面對，或許才是治本的方法。

他點了點頭，在她柔軟的唇瓣印上一吻。

✿

下午近三時，戚瑋離開事務所，目標往兩百公尺外的咖啡店走去。

明明右轉就可以直接抵達咖啡店，他卻故意左轉繞了個反方向多花了幾分鐘，兩隻插在褲袋裡的手握成拳，彷若緊捏著什麼。

咖啡店就在眼前，他的步伐越來越緩慢到最後頓下腳步，凝視著咖啡店招牌的他一雙黑眸流露猶豫。

他真的該見她嗎？現在回頭還不算晚。手心冒汗的他抓了抓頭髮，心中糾結是否該踏出那一步。

突地，手機響了。拿出一看，是錢心澄。

「妳不是在開會嗎？」怎這時候打給他。

「開會還是可以上廁所啊！」彷彿看到她對他調皮地眨眼。「你在咖啡店外面對不對？」

「妳怎麼知道？」他下意識地環顧四周，該不會她在附近。

錢心澄一笑。「我知道你一定很緊張，肯定在店門口猶豫該不該進去。」

戚瑋沒回話，深吸一口後吐出的鼻息卻間接證實了她的話。

「別緊張，沒事的。」她柔聲安慰。「就算受傷，也有我幫你呼呼，嗯？」

她的巧言暖語將他心中的焦慮熨燙撫平，讓他原本緊斂的唇角一輕，微微揚起。

是啊，不管怎樣，她都會在他身邊，他無需害怕。

「好，知道了。妳去忙吧。」

掛上電話，細長的眼眸恢復往常的平靜無波，他跨出步伐，伸手推開咖啡店的門。

當珠姨轉告林亞淑三點在這間咖啡店會面時，她喜悅得幾乎掉淚。原先以為自己可能要等上數月才見得到戚瑋，沒想到機會來得這麼快。為了避免戚瑋找不到，她刻意挑了正對門口的座位。

戚瑋一推開門，林亞淑的臉龐馬上映入眼簾。他抵在門上的手略微一頓後才收回。

保養得宜的林亞淑仍如同他記憶中的模樣不變，歲月並未在她精緻秀麗的樣貌上留下太多痕跡。擱放在桌邊的名牌手提包，肩上的羊絨披肩以及垂墜在頸上的彩鑽項鍊透露了她生活的優渥。

這些東西一樣一樣地提醒他，當初她就是為了這樣的富貴人生而拋下他。戚瑋的心頭猛然一抽，俊臉緊繃。

林亞淑微愣了下。真的見到他了。一抹笑在她臉上綻開，對他揮了揮手。

戚瑋坐到她面前替自己倒了杯水，還沒決定要說些什麼，林亞淑倒先講話了。

「小瑋，好久不見了。」她臉上滿是藏不住的開心，或許為了掩飾自己的緊張，一開口便停不下來，十多年來沒說過的話好似要累積一次說完。「沒想到你當了會計師，我以為你也會當醫生，畢竟你成績那麼好，考上醫學院不是問題啊！你最近好嗎？上次旁邊那個女生是你女朋友嗎？很漂亮呢！沒想到會在北投遇到你們……」

但她語意熱情的叨叨絮絮卻讓他感到煩躁。這些年來不聞不問從未關心過他，如今她突然心血來潮，就像什麼事都沒發生過般地跟他閒話家常，她到底憑什麼？

她語音還未落，戚瑋漠然開口。

「找我有什麼事？」嗓音冷淡，絲毫不理會她剛剛說了什麼。

林亞淑臉上的笑一僵，望著黑眸冷冽的他頓時語塞，半晌才說：「只是想知道你過得好不好。」

「那妳看到了。」他臉上覆了寒霜，身下的椅子往後一推準備起身。「別再來了。」

「小瑋，」喊住他的動作，林亞淑臉上的笑容已消失無蹤，抹著棗紅色唇膏的唇顫抖著。「你真的那麼恨我嗎？」顫抖的唇，連帶嗓音也顫抖著。

戚瑋漆黑如夜的眼眸一瞇望著她。「這句話不是應該我問才對嗎？」

她曾說過的那些「都是你害的」、「早知道就不要生下你了」還在耳邊迴盪，究竟是誰恨誰？

林亞淑啞然，紅唇開闔了半晌似乎想說什麼卻又說不出口。

「我還有事。」既然她沒什麼要說，那他也無意多留，身子一轉準備起身。

「小瑋！」她喚住他，眼眶瞬時泛紅。「我恨的……是我自己。」

聽到意外的答案，戚瑋眸底閃過一絲波紋，但臉上仍是波瀾不驚。

「……為什麼？」轉回身，他淡淡地問。

林亞淑拿起咖啡杯啜飲了口，垂眸看著手上的杯子半晌才緩緩道：「如果沒有遇見戚尹默，大學畢業後我應該會考個公職，結婚生子安穩地過這一生。」

對上他的眸，她自嘲一笑。「你應該只知道我在酒店工作，不知道我還讀過大學吧？」

戚瑋沒點頭也沒搖頭，靜靜地等她繼續說。

回憶過往，林亞淑嘴角掛上一抹無奈的笑。「我是長女，下面還有八個弟弟妹妹，但外公外婆的田就那麼小一塊，能餵飽肚子已經很不錯了，怎還可能供我上大學呢？可是那個年代能考上大學是多了不起的一件事，不管怎樣我一定要讀大學，第一學期的註冊費還是老師先借我的呢。

到了台北，除了要養活自己，我還得寄錢回家，所以去了酒店賣笑。我原本打算只做一兩年就走，沒想到會遇到戚尹默……」她臉上的笑黯淡許多。

「根本還是黃毛丫頭的我遇到已經三十而立事業有成的他，一下子就淪陷了，還被吞得屍骨無存。發現懷孕時我也太天真了，以為跟他結婚後經濟無虞，我還能回學校繼續學業，結果……」她輕嗤了一聲，像是在嘲笑自己的天真與愚蠢。

「原來他只是因為厭煩一直被老太婆逼著結婚生子，看我有幾分姿色又單純天真，便想隨便生個小孩回去給老太婆交差就好。老太婆只在乎孫子，當著我的面說進戚家門我想都別想。他們簡直把我當成白痴呢。」她又是輕聲一笑。「為了賭一口氣，我便把你留在身邊，但你外公外婆無法接受我未婚生子，後來沒再跟我聯絡了……為了養活你跟我自己，我只能再回酒店上班，學校則是永遠回不去了。」

她輕嘆了口氣，雖然事過已久往事如煙，但每每想起仍是一陣悵然。

「人生變成這樣，其實都是我咎由自取。要不是貪圖賺快錢就不會去酒店、就不會遇到戚尹默，也不會有這些事了。但人啊，怪東怪西就是不會怪自己，所以那時把所有的情緒都推到你身上了。」

林亞淑望著他的一對水眸晶瑩閃爍。「我真的很對不起你。」

短短一句話讓戚瑋的心室狠狠一震，幾乎要將他面目的淡然震垮，但他心裡卻不由自主升起一股怒氣。這是什麼意思？難道在她任性肆意地為所欲為後只要回頭找他懺悔告解，他就該放下一切原諒她嗎？

「妳的人生也沒有那麼不如意，至少現在妳得到了想要的東西。」他冷酷又銳利的視線刻意落在林亞淑的名牌包上。「依我看，妳跟戚尹默倒是很相像，」他黑眸一掃，凌厲地直視著她。「為了達到目的，任何人都可以利用、也都可以捨棄。」

林亞淑一怔，突然明瞭了他尖銳字句底下隱含的指控是什麼。

「小瑋，」她紅唇微啟輕聲說道：「你恨我那時拋下你嗎？」

戚瑋沒回答，別過頭不願與她對視。

「是，我承認我自私。」她眼眶泛紅輕聲道：「過了那麼久的苦日子，好不容易遇到峰哥不在意我的過去……拋開母親的角色，我也只是想要有個依靠。」

戚瑋聞言嘴角揚笑，雙手插進褲袋往椅背一靠看著她。

「那妳現在是又想回來扮演母親的角色？」他輕嗤了一聲，臉上的笑又是嘲諷又是輕蔑。

林亞淑的臉色一變，放在腿上的手猛然緊握。「我沒有這樣想，我只是想知道你過得好不好。」

「我過得好不好與妳何干？妳只是想減輕自己十幾年來不聞不問的罪惡感。」

尖銳的字字句句彷彿非要把林亞淑扎得千瘡百孔，才能一解他多年來的積怨。她若是真的在意他過得好不好，就不會在十幾年後的偶然相遇之後才來找他。

「我沒有不聞不問，是戚家不歡迎我。」眼眶泛紅一直緊忍住淚水的她嗓音沙啞。「戚尹默說，為了你的前途著想，最好別讓人知道你的生母是酒家女。」

「我去學校找過你一次，」極力壓抑情緒的她雙肩輕顫。「那時你放學跟同學一起從校門口走出來，我本來想叫住你，但看到你身後的大門上面寫著台北市立建國高級中學，戚尹默的話閃過我的腦海。他說得對，你的人生有無限可能，跟我這種依附著黑社會生活的人扯上關係確實沒好處。我只有默默地跟在你後面，看你走進捷運站。那也是我最後一次看到你了。」一眼淚潰堤的林亞淑從手提包拿出手帕掩面哭泣。

見林亞淑泣不成聲，戚瑋彷彿被什麼東西重擊。

一直以來著附在他心裡的疙瘩就是那個不被愛、被拋棄的自己，而林亞淑的一番話表明了她仍是惦記著他，只要有這麼一點點的跡象，似乎就可以撫平他內心多年來的千瘡百孔。

或許他只是希望能從她身上獲得一點被關愛、被重視的呵護，否則年少的他不會那麼認真在課業上，只為搏得她的一點歡心、一個讚美或一罐養樂多。

他費盡心思只為求得她的關注以及佇足，卻在被她拋下後發現那些對他來說渴望卻罕見的關愛，對別人來說竟是那樣唾手可得。

那親眼目睹的畫面至今仍深刻地烙印在他心頭。

「我也看過妳一次，」他刻意垂眸語氣平淡地道，不想顯露太多心緒。「在天母的百貨公司，妳在買甜甜圈，牽著妳女兒吧。」

雖事隔多年卻仍如在眼前般鮮明，她對那個小女孩滿是疼愛的臉龐，幾乎將當時的他狠狠撕裂成兩半。

難道他就不配得到那麼一點她的愛嗎？

「你說的是茉莉吧。」林亞淑擦乾眼淚望著他。

「她那時在耍脾氣，妳為了哄她所以買了甜甜圈。」他的指尖輕輕地扣了下桌面，嗓音停頓半晌，彷彿確保自己能穩住聲線後才沉著嗓慢慢地道：「而我想要一罐養樂多，還得拿滿分的考卷換才有。」

林亞淑怔然，他的一字一句都是多年來夜深人靜之時在她心裡煎熬的愧疚，臉上淚珠又滾滾而下。

「我知道對你而言我不是一個合格的母親，一直到有了茉莉之後我才真正開始學習如何當一個母親。茉莉讓我反思很多，想起以前對你的種種，更讓我覺得內疚，希望能有彌補的機會，卻又不敢接近你。」

「在北投遇到你後，我也掙扎了好幾天，究竟要不要來找你。後來想想，十五年來我們就只遇見這麼一次，要是不做點什麼，可能再也沒機會了。我不奢求你的原諒，也不會厚臉皮到以母親的身分自居，只希望我們不要像陌生人一樣不聞不問，偶爾也讓我知道一點你的消息、你的近況。」

她放低姿態，眼神帶著一絲請求。往時的她太過年輕，還未準備好扮演母親的角色又被生活的巨變壓得喘不過氣，她將所有的不如意歸咎在他身上，但他又何其無辜。

戚瑋雙手抱胸，仰頭深呼吸了口氣，一時間無法言語。

他確實感受到了林亞淑的後悔與歉疚，她緩緩傾訴的每字每句一鑿一鑿地敲進他靈魂深處的龜裂，慢慢地將從前無法釋懷的那些裂縫填補而起。

自始而終，那個小男孩最渴望的只是獲得一點愛而已，哪怕只有一點點也好。錢心澄讓他知道自己可以愛人也值得被愛，填補了他心中最大的缺口，完整了他的人生。而林亞淑雖然遲到了，但至少不會再是個永遠缺席的空位。他能試著放下對她的不諒解，可是陳年的傷口結痂後仍需時間才能完全癒合，他跟她之間還需要時間修補。

「茉莉她……幾歲了？」出乎林亞淑意料地，戚瑋開口問。

「九年級了，今年要考高中。」

他低眸緩緩地道：「希望她過得很幸福。那些不快樂的事情跟回憶，到我這邊就可以了。」

一陣薄霧又濛上林亞淑的眼眸，落下的淚滴串著喜悅與感動。

她又哭又笑地拿手帕擦眼淚。「茉莉她知道自己有個很優秀的哥哥。雖然沒見過你，但她很崇拜你這個傳說中的哥哥，也很期待能有機會跟你見面。」

戚瑋略為一愣，沒想到茉莉會知道他的存在，他還以為自己會是林亞淑不願提起的過去。

他眼眸一瞥，收回短暫的失神，拿過玻璃水壺替自己添水。

「可能沒有她想像得那麼優秀。」他淡淡地說著，原先臉上緊繃的線條已和緩許多。

「茉莉不像你那麼聰明，她考試都低空飛過，尤其數學很差，若是有機會說不定要請你指點她一下。」林亞淑臉上一抹淺淺的笑透著暖意。

他眉眼輕揚望了她一眼，伸手也替林亞淑的水杯加了水。

戚瑋忘記後來是如何跟林亞淑道別離開咖啡館，只記得那天時近黃昏的日光特別耀眼，心頭彷若卸下重擔一陣輕盈，他瞇眼看著金黃色的光線燦燦然地照著城市，連陰暗的街角都被陽光烘得一陣暖。

十、這輩子誰都不會再放開誰

美萊雅的新品牌活動以派對模式舉辦，廣邀藝人名媛參加提升媒體熱度，錢心澄的公司團隊也收到邀請。事前她問了戚瑋有沒有空跟她一起出席，雖然他對社交場合一向不熱衷，但思及若沒有護花使者在旁，美豔動人的錢心澄身邊肯定又會招來蒼蠅，他想都沒想立刻點頭說好。

但戚瑋今天特別忙碌，雖然錢心澄表示沒關係要他慢慢處理工作，他仍是一忙完公事便立刻驅車往信義區的五星級飯店。

抵達飯店停妥車，乘電梯至派對會場樓層，會廳大門已闔上，但仍可聽到主持人活力四射的聲音以及音樂低頻振動的咚咚聲響在空氣中跳躍。

工作人員上前詢問來意，他出示早先錢心澄準備給他的邀請函。工作人員正要開門請他入內，瞥見一旁轉角盡頭有洗手間，他示意工作人員暫緩動作，自行往洗手間走去。

小解完正在洗手之際，聽見講話聲從外頭傳來。好似為了迴避派對過於熱鬧的重低音音頻，講話的人因此繞進洗手間的轉角內方便說話，甚至可能就直接站在洗手間入口，因為一字一句都清晰地飄入他耳內。

「今天是公司很重要的活動，我怎麼可能現在離開？再說公司這次新的品牌行銷是我的策劃，要是我不在，被別人領走功勞怎麼辦？」

洗手的戚瑋默默發現，這不耐煩的男聲怎麼好似在哪聽過幾次。

「上次不是才帶牠去看過醫生嗎？怎麼又是一樣的毛病？我不是獸醫妳叫我回去也沒用啊！妳倒不如看看哪家獸醫還有營業，先帶牠去看醫生吧。」

「小姐，當初是妳說想養貓，我才買給妳當交往週年禮物的，現在扯到我頭上不太對吧？不跟妳說了，我還有事要忙，先這樣。」

講話的人又回到會場去了，雖然不知道這聽起來有點印象的聲音是誰，但戚瑋沒放在心上，現在比較重要的是，他準備到派對會場當錢心澄旁邊那支蒼蠅拍。

❀

回到派對會場，張哲軒瞇眼尋找那個他已瞄準許久，卻始終無法手到擒來的獵物身影。

錢心澄正在不遠方與時尚雜誌的記者侃侃而談。

身穿黑色斜肩長禮服的她將波浪大捲髮抓攏在一邊，細白柔嫩的右肩在燈光的照耀下吹彈可破，裙上一抹斜開的高衩裡勻稱的長腿若隱若現，紅豔的唇瓣勾著一抹笑，優雅又性感得讓人目不轉睛。

張哲軒嘴角扯起一抹笑，盯著她的目光炯炯發亮，像箭在弦上蓄勢待發的獵人。

自錢心澄升為經理後，美萊雅的業務轉交給小芬跟進，他能與錢心澄接觸的機會大為減少，不似以往能藉工作為由接近她。

這次的派對邀請也是他特意發給她的，表面請她一起見證之前企劃的成果，實則想找機會看能否更進一步。上次要不是臨時被電話亂入，錢心澄應該早已答應跟他一起吃飯。

只差臨門一腳就能將覬覦已久的獵物手到擒來，他不會輕易放棄。

慢步走到她身邊，她正在跟時尚雜誌的記者解說此次美萊雅想傳達給大眾的新品牌理念。

「……作為一個經典品牌，美萊雅所代表的高貴奢華已經為人熟悉，但這次的新品牌理念，除了保有美萊雅一貫的頂級形象外，也希望能帶入年輕的元素吸引年輕族群……」注意到張哲軒靠近，錢心澄對他一笑，將他介紹給記者。「這位是美萊雅的品牌代表張經理。張經理，這是微風雜誌的王小姐。」

跟王小姐握手寒暄一番，接著錢心澄的話題他淺談了下美萊雅新的行銷方向以及接下來的計畫。

「聽完兩位介紹，我都迫不及待想知道美萊雅還會帶給大家什麼樣的驚喜。」王小姐的臉上滿是期待。

「連王小姐這樣見過許多品牌企劃的記者都這麼期待，就表示我們的方向是正確的。這都要感謝錢經理的優秀與專業，提供了我們很多精準的建議。」張哲軒瞇眼一笑稱讚錢心澄。

「張經理過獎了，是您領導有方。」她謙讓道。

「我幫兩位拍張照好嗎？到時可以刊登在雜誌上。」王小姐舉起胸前的單眼相機對著兩人。

「當然沒問題。」張哲軒爽朗應聲，手往旁一伸搭上錢心澄的纖腰，身軀更往她靠近一些。

錢心澄霎時一愣，那陌生又突兀的男性氣息圍繞在側讓她不自在地全身發僵，掛在嘴角的笑頓時有些生硬。

她正想側身將自己的腰轉出他的環繞之外，肩頭突然從旁被猛地一摟，穿著細高跟鞋的她整個人往反方向轉了半圈，正當她以為自己要跌個狗吃屎時，一堵寬闊的胸膛以及健壯的手臂接住了她。

不需抬頭，那熟悉又讓人安心的氣息讓她立刻知道是誰。

「跟女性拍照，紳士手不是最基本的禮儀嗎？」戚瑋冷瞪著張哲軒的黑眸彷若能直接射出冰柱刺穿他，冷淡聲線下是隱隱而燒的怒火。

進了會場戚瑋就看見錢心澄在與他人談話，雖然認出她旁邊的是張哲軒後讓他有點感冒，但看出她是為公事與人寒暄，不想打擾她工作的他選擇默默站在一旁等她忙完，沒想到這該死的、天殺的姓張的！居然膽敢摟她的腰！

戚瑋心中一把火燒得漫天飛揚，擒著她肩頭的力道更加重了些。

原本相機舉到一半準備拍照的王小姐見氣氛不對，輕巧地一轉身混入人群中繼續尋找其他採訪對象。

張哲軒先是一愣，看清戚瑋是上次那人後嘴角揚起一笑。

「又見面了。」他故作輕鬆問：「請問您是？」

「張經理，這是我男朋友戚瑋。」錢心澄介紹道：「瑋，這是美萊雅的張經理。」她一手伸至他腰間輕輕地攬住他，像是在安撫他。

「現在是男朋友了呀，真是……」張哲軒刻意話不說完，露出惋惜的表情。「能有錢經理這樣才貌兼備的女友，戚先生真是好福氣。有句話說，窈窕淑女，君子好逑，戚先生現在變成許多男人的眼中釘了。」

他一雙眼似笑非笑地直視著戚瑋，言語間毫不遮掩自己對錢心澄的覬覦。

戚瑋下顎一緊，原本按在錢心澄肩上的手滑到她腰際緊緊一扣，將她更往自己的身軀拉近，強勢的動作頗有宣示主權的意味，否則他不確定自己能否克制住想掄拳揍張哲軒的衝動。

「還有事要忙嗎？」他問錢心澄。

「呃，沒有……」她職位升遷後跟美萊雅的相關業務已經交給小芬處理，今天她出席只是像參加成果發表會的概念。

戚瑋冷冷看向張哲軒。「張經理，男女共事相處該有的分寸您應該很明白，若不懂什麼是自律或尊重他人，被當成騷擾也無可厚非了。」

張哲軒挑眉表示一驚。「戚先生，您別誤會了，我沒那個意思。」

「那我說明白一點，以免你誤會我的意思。」戚瑋冷涼如寒夜的眸直勾勾地盯著他。「離心澄遠一點，否則下次我不會這麼客氣。」

「既然沒其他事，我們就先走了。」他扣在錢心澄腰際的手稍一使力，讓她跟自己一同轉身。

「對了，」臨走前他側過臉斜睇張哲軒。「既然是交往週年紀念日送給女友的貓，想必有重要的象徵意義。既然貓生病了，您還是盡快回去處理吧。」

可惡，他怎會知道。張哲軒原本還輕鬆自若的表情頓時一僵。

錢心澄望了戚瑋一眼，眼眸閃過一抹了然於心，唇角微微揚起。

她回頭看向張哲軒，柔嗓堆滿關切。

「張經理，貓咪生病，您女朋友現在應該很難過，您快回去陪她吧！派對的事您不用擔心，美萊雅的案子現在是小芬全權處理，她工作能力好，反應又快，可以獨當一面解決任何突發狀況，您可以放心把事情交給她。」

錢心澄話中的弦外之音像石頭般，砸得張哲軒的臉色更是一陣青一陣白。

她的意思就是，要他滾遠一點，不要再拿美萊雅當幌子煩她。

相信他已經接收到她的意思，錢心澄嘴角勾起一笑，伸手挽住戚瑋。

「走吧。」

❀

「各位旅客您好，歡迎蒞臨高鐵左營站……」

一踏出車廂，高雄盛夏正午的熱氣撲面而來。

好熱。是戚瑋對高雄的第一印象。

「很熱吧。」前方的錢心澄回頭對他一笑，呼吸到熟悉的家鄉空氣，臉上的笑特別燦爛。

六月是事務所的淡季，剛好錢心澄打算回家一趟，戚瑋特地安排了幾天假跟她來一趟高雄。錢心澄打算這幾天當個地陪帶他遊覽高雄，等他回台北後她再回家跟錢爸錢媽問安。

「要是我先回家，你就要自己住飯店啦！我爸媽還是比較保守一點。」見戚瑋有些不解她的安排，她解釋道，隨即又對他淘氣地眨了眨眼。「還是你比較想抱著棉被睡覺？那我也沒關係。」

有軟玉溫香可摟他何必自討無趣抱棉被，但也聽出錢心澄的言下之意就是此趟沒有要帶他見錢爸錢媽的計畫。或許她有自己的考量跟進度表，戚瑋也沒多問，認為時機成熟時她自然就會提出。

正值午餐時間，錢心澄帶著戚瑋搭捷運到美麗島站。

「帶你去吃好吃的。」她對他眨了眨眼。以前都是他帶她在天母走跳，現在終於換她在自己的地盤一展身手了。

領著他走向一號出口搭上手扶梯，一踏出捷運站便見到一排鐵皮屋搭建而成的小吃店，中午時間排在騎樓的桌椅座無虛席。老江湖的錢心澄看見一桌吃飽正要離開的客人，立刻眼明手快地上前占了位子，揮手要戚瑋過來。

「這家雞絲飯我超愛，每次回高雄我一定都會來吃，我爸媽不知道要吃什麼時也都會來這裡吃。肉臊飯也很好吃，而且一定要加一塊油豆腐！怎麼辦我都想吃，還有那個滷鴨蛋一定要吃！排骨酥湯跟香菇雞湯我都想要，怎麼辦吃不完啦！」拿過菜單，嘴上雖是在介紹給戚瑋聽，卻饞得自己垂涎三尺。

「你要吃什麼？」

「妳想吃什麼就點，我跟妳一起吃。」見她滿臉興奮，他的嘴角也忍不住輕揚。

「耶！」得到戚瑋的保證，錢心澄開心地歡呼，毫不客氣地咻咻咻落筆畫單。

交了菜單後沒多久老闆便送來餐點。錢心澄拿出手機對豐盛的午餐拍了張照打卡上傳，再從包包內抽出兩張面紙塞到戚瑋手裡，自己也拿了兩張。戚瑋有些疑惑地回望著她。

「拿著，等一下用得到。」她瞇著一雙古靈精怪的大眼對他笑，刻意賣關子。「快吃吧！」

眼前的肉臊飯看起來跟平常沒兩樣，這間店究竟有什麼魔力能讓錢心澄如此熱愛？戚瑋舉箸試了一口，滷得軟嫩入味的肉臊幾乎入口即化，油蔥與滷汁合為一體又黏又稠的鹹甜香氣唇齒滿溢，讓他忍不住俊眉一揚，望向錢心澄。

「我就說好吃吧。」見到他的反應，她嗤嗤地笑著，對他面前的香菇雞湯使了個眼色。「香菇雞湯也很棒喔，你試試看。」

戚瑋依言舀了匙湯入口，清甜不死鹹的雞湯散發濃郁的香菇香氣，讓人忍不住一口接一口。正午的高雄豔陽高掛，雖有騎樓擋陽，掛在牆上的小小風扇依舊吹散不了那灼燒的熱氣。而熱湯一入口，身體的毛細孔全數打開，戚瑋頓時全身爆汗。

他拿手上的面紙抹掉額際凝結成珠的汗水。「好熱。」

錢心澄忍不住放聲一笑。「哈哈哈！知道我為什麼要拿面紙給你了吧！真的很熱，」她也喝了口湯，因熱氣而暈紅的面頰也冒著汗珠。「但很爽。」她開心地咧嘴笑。

對上她的眸，戚瑋也一笑。「對，爽。」

美食當前，多流幾滴汗不算什麼。

「叮咚」，戚瑋的手機響起。

拿過手機一看，是李凱傑。

「老兄，恭喜啊！」

對他這沒頭沒腦的一句話雖然大概心裡有底，但戚瑋還是回傳了個問號。

一張圖像傳來，正是方才錢心澄上傳至社交軟體的照片。照片裡除了滿桌佳餚外，還有戚瑋的手臂也入鏡。

「這樣都認得出來？」

「如果不是你的話，那我就太失望了。」李凱傑附了個歪嘴笑的表情。「可能就真的要去哪間廟裡找你了，和尚哥。」

「Shut up!」知道他就愛講垃圾話，嘴角扯起一笑的戚瑋對他的揶揄毫不客氣地反擊。

「好啦，不打擾你們了。等等應該還有甜點吧，好好享受啊！」李凱傑用了個臉紅紅的曖昧笑臉。

不用說他也知道。瞄了眼對面的錢心澄，戚瑋臉上的笑更深了些。

錢心澄投來一雙好奇的眸。「誰呀，聊得這麼開心？」

「不重要的人。」他收起手機。「快吃吧。」

正當兩人吃得開心，旁邊卻突然傳來一個滿是狐疑的聲音。

「阿心，妳那會在這？毋是講過幾天才有返來？」

循聲望去，錢心澄跟自家老媽對上了眼，上一秒還在跟戚瑋說說笑笑的臉頓時僵住。

錢媽看了看錢心澄，再看了看坐在她對面的戚瑋。

「彼個是妳男朋友？」

錢心澄像機器人般動作僵硬地回頭看著戚瑋，緩緩地道：

「瑋，這幾天，你要自己睡飯店了。」

❀

打開房門，蔚藍的高雄港海景映入眼簾，巨大的貨櫃輪在引水船的帶領下緩緩入港，澄澈的藍天與一望無際的大海在遠方合為一線，壯闊的景色讓人心曠神怡。

錢心澄三步併兩步走到落地窗前，滿臉讚嘆。

「好漂亮。」她回頭對剛放下行李的戚瑋招手。「瑋快來看，風景好美。」

走到她身後，他大手一攬從後方環抱住她。

「怎麼好像妳才是觀光客？」見她興奮的模樣，他打趣道。

她嘛嘴故作沒好氣地斜睨他一眼。「我回高雄沒事怎會住飯店，當然是觀光客才有這種享受呀。」

「既然機會難得，那就跟我一起住，嗯？」埋首在她頸間，貪婪地聞著那專屬於她的馨香，薄唇有意無意地搔弄著她敏感的脖頸。

「哎呀，」被他弄得一陣癢，她轉過身輕捶了下他。「你忘記我媽剛剛說什麼了嗎？」

方才跟錢媽在小吃店意外地打了照面，帶了男朋友回來卻沒告知家人，讓錢媽當場唸了錢心澄一頓。

「帶男朋友返來也不講一聲，我和妳阿爸等咧欲去台南找朋友，是要按怎招待人客。」

「袂要緊啦，恁忙恁的，我會帶伊去踅啦！」沒想到會被錢媽碰個正著，錢心澄尷尬地說。

「妳真正是齣，給人當作阮袂曉招待人客。」錢媽瞪了錢心澄一眼。

「伯母您好。」雖然聽不太懂她們母女倆在說什麼，但也感覺得出錢媽在責備錢心澄，戚瑋出聲想解救她。「我是戚瑋。」

他禮貌的招呼果然成功轉移錢媽的注意力，錢媽聞聲轉向戚瑋對他露出親切一笑。「你好你好，歹勢啦，毋知影你欲來，今仔日無法度招待你，明仔載來阮家食飯啦！」

不諳台語的戚瑋只聽見關鍵字「食飯」，雖有點愣愣地不太確定錢媽整段話的意思，還是點了點頭。

「好啦，我先返去款物件，等咧欲去台南。妳好好帶伊遊覽。」

「好啦，妳緊返去。」錢心澄尷尬地直想鑽地洞，連忙想打發錢媽快回家。

「今仔日你和阿心好好玩，明仔載來食飯齣。」臨走前錢媽又再對戚瑋說了次，跨出一步後錢媽瞬地又回頭對錢心澄說：「莫玩得太晚，卡早返來。」

「你知道『卡早返來』是什麼意思吧？」窩在他胸懷，錢心澄抬頭看他。「就是叫我早點回家。」

「沒想到會遇到我媽，晚上回去肯定又要被她唸臭頭。」想到這就讓她頭大，忍不住嘆了口氣。

「那妳當初怎麼不先跟他們說我要來高雄？」他順勢問了原先沒打算問的問題。

「哎喲，我們家只講台語，我爸媽不習慣說國語，但你又不會台語，我也是很煩惱你們見面該怎麼辦。」

戚瑋跟錢爸錢媽對坐互視卻無話可說的畫面，她光是用想的就覺得尷尬癌發作。

居然是因為這種小事情，戚瑋的嘴角忍不住輕揚。「這有什麼問題，學不就會了。」

錢心澄面露懷疑地看著他。「有那麼簡單嗎？」

「妳先教我幾句，就知道有沒有那麼簡單了。」他臉上的笑對自己頗有信心。

「不過既然妳要早點回家，那我們今天的行程是不是要提早？」他話鋒一轉。

「是這樣說沒錯，但現在中午有點熱……」她偏頭想了想。「還是先帶你去機場咖啡……」

「我說的是這個。」

環在她腰際的手將她身子往後一拉，兩人跌躺到軟綿的大床上。

壓在他身上的她縷縷烏絲垂落在他臉側，他將柔軟如絲的髮旋在她耳後，指尖輕繞到她酡紅的臉頰以指背輕撫，再移至她揚著甜笑的唇瓣輕描那抹美麗的弧度。

她將他修長的手指按在唇邊，輕輕地親吮，一對盈盈水亮的眼眸流轉著魅惑直勾著他。他的黑眸一瞇，嘴角哂起一抹性感的笑，翻身將她壓在底下。

正午炙熱的豔陽晒得這座海港城市昏昏欲睡，但比起這驕陽更熾烈的是，纏綿繾綣的兩人灼燒融化在彼此的熱情之中。

❀

錢家自營水電材料行，坐落在馬路邊的三層樓透天為店住合一，長方形建築的前半部是店面，後半部是廚房以及通往二樓的樓梯。

店內的貨架滿是水電料品，後方一張擺著茶具的原木桌椅和一台小電視就是錢爸的小天地。年屆耳順的他已是半退休狀態，多半做熟客生意，沒客人時就看看報紙新聞或是和左鄰右舍泡茶聊天，閒暇之餘便和錢媽參加社團活動，唱歌爬山健行，日子輕鬆愜意。

這天早晨，錢媽已出門買菜，吃過錢媽擺在電鍋內保溫的早餐，錢爸照例在他的小天地翻閱報紙。過了一陣子，聽見後方隔間的樓梯傳來腳步聲。

「阿心起來了啊，早餐妳阿母放在電鍋。」錢爸看看時間，也不過才九點，不似以往她回家都要睡到中午的習慣。「這麼早起，欲和男朋友出去？」錢爸淡淡地問。

「媽媽叫伊來食中晝飯，等咧欲去飯店帶伊來。」錢心澄帶著些許睡意的聲音從後方廚房傳來。

雖已梳洗過，但錢心澄仍有些睡眼惺忪需要泡杯咖啡醒腦。素著一張臉的她穿著家居服，拿過濾掛咖啡包注入熱水，陣陣咖啡香瞬時溢出，讓她腦袋頓時清醒了些。

濾好一杯咖啡，打開冰箱拿出牛奶倒了些許，啜飲了口熱呼呼的咖啡拿鐵，讓她滿足地嘴角噙起一笑。

正浸淫在一杯熱咖啡的美好時光，聽見錢媽的聲音從外傳來，應該是買完菜回來了。

「阿心睏醒未？毋通閣睏到中晝。」

「伊……」錢爸似乎本要回答錢媽的問題，不知為何說到一半的話卻卡在半空中。

「若是還在睏要叫伊起床啦！」錢媽拎著大包小包走進廚房，一眼就看見正在喝咖啡的錢心澄。

「妳醒啊，按呢剛好。」

一口咖啡還在嘴裡，錢心澄歪頭想著錢媽說的「剛好」是什麼意思？下一秒就看見穿著休閒服的戚瑋也拎著大包小包跟在錢媽身後走進廚房。

「噗——！」口中的咖啡差點噴出，嗆得她面紅耳赤。「咳咳咳咳咳！」

錢媽見狀眉頭一皺。「查某囡仔這麼粗魯。」

「不、不是，你怎麼會在這？」好不容易順下氣，錢心澄一張嘴驚得合不攏。手指著戚瑋問，又轉頭問錢媽。「伊那會和妳去菜市仔？」

錢媽示意戚瑋把手上的東西放到餐桌上，捲起衣袖開始熟練的將戰利品分門別類，該清洗的先丟水槽、該冷藏的冷藏、該冷凍的冷凍。

「透早我欲去菜市仔買菜，一出門就看到伊在門口在等妳。我看妳毋知影欲睏到幾點，就問伊咁要和我去菜市仔。」

錢心澄一臉不可置信地看看錢媽再看看戚瑋。

「伊袂曉台語，妳按怎和伊講話？」錢心澄疑惑地問。

「那袂曉？閣不錯啊。」錢媽似乎對他的台語程度還頗滿意。

錢心澄震驚得嘴巴幾乎可以塞下一顆雞蛋，就算她昨天真的有教戚瑋一些基本的台語，但也沒進步神速到這種地步吧。

「恁莫在這擋路，帶伊去頭前和妳阿爸泡茶。」錢媽把兩人推出廚房，準備在廚房大展身手料理午餐。

「這到底是怎麼回事？」錢心澄一雙眼睛瞪得老大。

「我很早就起床了，想到妳說妳家在捷運站附近，就散步來看看，結果剛好遇到伯母。」他從善如流地交代。

她想知道的不是這個。

「我媽說你台語不錯？她是認真的嗎？」就算他是學霸，也不可能一夕之間從無到有吧。

戚瑋笑了笑。「其實我就只講兩句，『好』跟『不錯』，不管她問我什麼我都回這兩句。」

錢心澄往廚房內瞄了眼，看見錢媽除了吃吃喝喝的之外，還買了幾件新衣服吊在椅背上。

「她買衣服時也是？」

「妳不是還有教我另外一個字，」他臉上的笑更深了。「水！」

昨天剛學，今天立刻學以致用，這就是學霸的祕訣。

「阿瑋啊，你咁有啥貨不食？」錢媽的呼喚聲傳來。

「問你有沒有什麼不吃。」居然已經叫他阿瑋了，錢心澄頓時對戚瑋佩服得五體投地。

戚瑋低聲跟錢心澄問了問，回頭答道：「攏有食。」雖然腔調還是生硬的國語腔，但也學得有模有樣了。

「阿心啊，莫一直叫人站佇那，來泡茶啦。」已經沏好茶的錢爸喚道。

錢爸將剛泡好的高山烏龍倒了一杯遞到戚瑋面前。「頂個月剛買的，飲看覓。」

「謝謝阿伯。」坐在錢爸對面，戚瑋拘謹地點頭道謝。

聽說爸爸對女兒的男朋友都會有敵意，但目前他還看不出錢爸對他究竟是什麼想法，只能謹慎以對。

「戚瑋齁，你在台北做啥頭路？」錢爸拿過遙控器打開電視邊問。

戚瑋瞄了錢心澄一眼，她在他耳邊細聲翻譯。

「我是會計師。」他正襟危坐回答。

「喔，不錯啊，會計師。」錢爸點了點頭，喝了口茶後視線回到電視上專心地看著新聞，半晌發現戚瑋面前的杯子還是滿的，他比了比那杯茶再道：「飲茶啦，抑是飲毋習慣？你欲飲啥，叫阿心去買。附近有一間紅茶不錯，上過電視，少年人都愛飲。」

「我爸問你是不是喝不慣高山茶，要我去買紅茶給你喝。」她笑著說。

「這個就可以了，謝謝。」戚瑋拿起杯子啜了口，茶香清冽入喉回甘，是杯好茶，只是他自己有些緊張才會忘記喝茶。

錢爸點了點頭，沒再說什麼繼續看新聞，注意到戚瑋的茶杯空了再幫他倒茶，如此循環至錢媽嚷聲喊開飯。

趁戚瑋上洗手間時，錢心澄湊到錢爸身邊。

「爸，你對伊毋啥問題想欲問的嗎？」似乎也覺得錢爸對戚瑋的反應太過平淡。

「欲問啥？」錢爸不解地反問她。

「一般來講，爸爸不是對女兒的男朋友攏會有很多問題嗎？」

雖然錢爸本來話就不多，但這是她第一個帶回家的男友，錢爸的反應也太平淡了些，怎麼一點都沒有怕女兒被拐騙的緊張？

「三八啊，伊看起來毋是歹子也真有禮貌，我看是閣不錯。而且妳攏幾歲啊，妳看尬意就好啊。」錢爸一副兒孫自有兒孫福的豁達樣。「但是若發現伊會打人，這樣就不行，一定要分手，知影毋？」最後幾句話仍是透露出對女兒幸福的關心。

「好，了解。」感受到錢爸的關愛，錢心澄臉上漾起幸福的笑。

錢媽大展身手，煮了一桌色香味俱全的家常菜。用餐時因語言隔閡，讓戚瑋無法完全理解錢爸、錢媽跟錢心澄聊天的內容，但他仍能感受到閒話家常的溫馨。

「阿瑋啊，你咁食有習慣？」錢媽問著戚瑋，卻突然意識到他可能聽不懂，改用有點拗口的國語道：「初不初得習慣？」

沒想到錢媽會突然用國語跟自己說話，他先是微微一愣，隨即唇角揚起一笑，回道：「好吃……」

突然他想到錢心澄教過他這句。「好食！」

廚藝得到肯定，錢媽也笑開了臉。「食有習慣就好，多食點。」她又再補了句國語。「多初一點。」

「好。」他笑著點了點頭，不知為何心裡感到一陣暖意。

聽說高雄是一個熱情溫暖的城市，就在這時，他真切地感受到了這句話。

❀

吃飽飯，錢媽切了水果端到錢爸的小天地，三人坐在電視前吃水果看新聞，偶爾錢媽台語、國語交雜著跟戚瑋閒聊。

「你和阿心按怎熟識的？」錢媽問。「怎麼認速的？」

「大學打工的時候認識的。」他如實回答。

「這樣認速很久了喔。」錢媽聞言點了點頭。「這樣也好啦，不然阿心自己一個人在台北，我和伊阿爸嘛是毋放心，若有你照顧伊嘛好啦。」

下樓的聲音傳來，戚瑋回頭一望，梳妝打扮好的錢心澄出現在眼前。

她戴著寬邊草帽，穿了件米白色的棉麻無袖小洋裝，長髮紮成一串寬鬆的麻花辮垂在右肩，略施淡妝的臉蛋甜美可人。

「欲出去喔？現在閣很熱呢。」時間剛過兩點，外頭的太陽依舊毒辣。

「我帶伊去西子灣食冰啦，現在中晝食冰剛好。而且伊難得來高雄，多帶伊出去走走。」

「好啦好啦，恁去逛逛欸。」見錢心澄帶著戚瑋離開，錢媽不忘在後頭加上一句：

「卡早返來欸！」

走出門外，錢心澄忍不住對戚瑋淘氣一笑。

「聽到沒，又叫我早點回去。」

這句話應該是戚瑋這趟高雄行最大的魔王關卡。

一起出遊卻只能獨守空閨的確有點悲傷，但他會找機會好好補償自己的。

他牽住她的手，看著眼前打扮得嬌俏可愛的她。「現在要去哪裡？」

「先去西子灣吃冰，吃完冰再去旗津，這樣就不會那麼熱了。」已經把行程安排好的她像專業導遊般解說。

「我想回飯店拿帽子，」他說，「有點熱。」

「好啊，走過去也不遠。」她回答道，卻在對上他的眼睛時發現他眼裡閃著一抹奇異的笑。她好奇地問：「你在笑什麼？」

「想到有冰吃很開心而已。」他的好心情在噙笑的嘴角邊表露無遺。

「喔？我不知道你這麼喜歡吃冰，早點說嘛，昨天就可以先帶你去吃。」

戚瑋笑笑沒回話。

因為等一下她就會知道，她自己就是那個最讓他欲罷不能的冰淇淋。

❀

下午五時許，角度開始西斜的太陽熱度減緩，金黃色的光芒少了灼熱轉為溫煦。開往旗津的渡輪漸漸駛離岸邊，高樓林立的市景背後襯著藍天白雲，前面蕩漾著蔚藍的海水，船隻在海面捲起陣陣白浪像是拖著一條尾巴，略帶鹹味的海風撲打臉面，站在甲板上望著風景的戚瑋眉眼輕揚、心曠神怡。

一旁的錢心澄按住草帽，將頭輕輕地靠在他厚實的肩頭，抬眸看見他俐落的短髮在海風的吹拂下微微擺動，忍不住出聲。

「結果你還是沒戴帽子出來呀。」

他聞言先是一愣，隨即忍不住輕聲一笑。「重要的不是帽子。」

錢心澄睨了他一眼。「大騙子。」而她就是傻傻地被吃乾抹淨的笨蛋。

伸手將她摟進懷裡，他低啞著嗓在她耳邊輕聲道：「因為妳今天真的太漂亮了。」

她面頰頓時一紅，害羞得只能舉拳輕捶他一下表示抗議。他臉上的笑意更濃了。

渡輪靠岸，錢心澄帶著他走過旗津老街。

「我們先去旗後砲台看夕陽，晚點再回來逛。」她道。

走進小巷繞了幾個彎，看見往旗後山的山徑，上山坡度徐緩，兩人手牽著手慢步行走，沒多久便看見一座岩灰的古城門。低頭走進，紅磚搭建的古砲台營區赫然展現在眼前。

錢心澄帶他走上紅磚梯、踏上城牆，三百六十度廣闊無遮擋的美景霎時映入眼簾。黃昏之時，後方繁華的高雄市區已亮起點點璀璨，一閃一閃地映照在平靜的港灣；前方緩慢西落的夕陽在海面鋪上一條粼粼閃耀的金絲帶，停泊在港外的貨櫃輪像黑色剪影般落在海平面上。

「喜歡嗎？」靠在他身側，錢心澄笑著問。「這邊是高雄人看夕陽的私房景點之一喔！」

有別於在西子灣看夕陽的人聲鼎沸，遊客三三兩兩的旗後砲台多了幾分幽靜。

「喜歡。」炯炯星眸凝望著她，他字字徐緩卻嗓音清晰地道：「更喜歡妳。」

「你怎麼最近變得這麼會說話。」她面頰又是一豔，粉唇揚起的笑掩不住甜蜜。「難怪一下子就收服了我爸媽。」

戚瑋淺淺一笑，抬頭望向前方的一片晚霞。

「今天的午餐……是我第一次體會到跟家人一起吃飯的感覺。」他嗓音淡淡地說，「原來是這種感覺。」

知道他想起過往，錢心澄伸手緊攬住他的腰。「喜歡的話可以常來呀，我爸媽都很歡迎你。」

他低眸輕撫她的臉頰，凝視這張點亮他的人生、帶領他離開黑暗的嬌顏，自己何其有幸能有她相伴在側。

「好。」他點了點頭，半晌又加了句。「但下次妳可以不要『返去』嗎？」

女友明明近在咫尺但每天只能抱棉被睡覺，雖然高雄四季溫暖，他卻莫名感到淒涼。

「哈哈哈哈。」錢心澄忍不住大笑。「那就要看你如何跟我爸媽搏感情了，可能要先從學台語開始。」

「那有什麼問題。」他眉一挑，對自己的學習天分頗有信心。

瞄見夕陽已快貼近海平面，錢心澄牽住他的手道：「要學的話晚點再教你，太陽快下山了，我們先下去吧！」

回到大街，天色已暗。正值晚餐時間，覓食的人紛紛聚集在旗津老街，一時間人潮洶湧、摩肩接踵。

戚瑋牢牢地握緊她的手。「別走丟了。」

灼熱的大掌傳來溫暖的熱度，靠在他健壯的手臂旁，她嘴角勾起一抹幸福的笑。

「當然，我才不放手。」她也緊緊回握。

他低頭望她，兩人相視而笑。

緊緊相扣的手告訴著彼此，這一輩子誰都不會再放開誰。

——完

番外

珠寶首飾店內，銷售員將精緻的燙金紅盒子打開，一只優雅經典的四爪鑽戒映入眼簾。

「戚先生，這是您訂製的戒指，請您確認一下。」銷售員將ＧＩＡ證書一同遞上。

確認無誤，戚瑋點了點頭，腦海中勾勒出她配戴戒指的模樣，原本冷淡的眉眼柔和了幾許。

「戚先生，如果需要調整戒圍，歡迎隨時跟我聯絡。」銷售員送戚瑋至店門口，對他一笑。「期待您下次與未婚妻光臨。」

上了車，戚瑋拿出盒子打開，閃爍著晶瑩光芒的圓鑽在眼前熠熠生輝。

戒指準備好了，但時機跟地點何時適合呢？他眉心一蹙，煩惱地搔了搔頭。

❀

回家打開門，見到錢心澄雙手抱胸坐在客廳，戚瑋有些意外。

「不是說要加班嗎？」記得她下午傳來訊息交代不用等她一起晚餐。

疫情結束後所有曾被暫停的活動都前仆後繼地開辦，讓錢心澄忙得分身乏術，加班成了常態。

「嗯……就不用了。」似乎在思考什麼，她的眼神有些飄忽，語氣也漫不經心。

「怎麼了？」注意到她臉色悶悶的，戚瑋坐到她旁邊，大掌探上她的額頭。「身體不舒服嗎？」

「不是……」錢心澄扣住他的手，將他的掌心疊到自己胸前。「今天小芬下班前突然發現生理期來，跟我借衛生棉……」

戚瑋狐疑地挑起一邊眉。小芬生理期來？好像沒必要跟他說吧？

她怯生生地望了他一眼，緩緩開口，語氣滿是遲疑。「然後我才發現，我好像兩個月沒來了……」

戚瑋的眸心一閃。「確定了嗎？」

「還不確定。」她以眼神示意放在前方桌上的驗孕棒。「我想等你回來再一起揭曉。」抓著他的手一緊。「……我很緊張，畢竟不在我們的計畫內。」

想到可能有小生命在自己腹中孕育，這種陌生的感覺讓她充滿不安，再者工作正忙得如火如茶，若突然被打亂步調真不知如何是好。

「別緊張，先確定再說吧！」戚瑋輕拍她的頭安撫，心中卻訝然這時機點的湊巧。

買了戒指後，正因她這陣子太忙使他找不到適當的機會，難道現在剛好能順水推舟、水到渠成？

錢心澄想想他說的也是，與其在這窮緊張，還是得先確定八字有了一撇再說。

照說明指示用了驗孕棒，第一條線浮出，她拿著說明書唸道：

「五到十分鐘後若浮現第二條線，即為陽性反應。」她垮下一張臉。「要等這麼久？折磨人耶！」

戚瑋忍不住一笑，摟住她哄道：「妳找件事做，十分鐘一下子就過去了。」

「那我先去洗澡，等我洗好澡結果應該也出來了。」她把驗孕棒墊在衛生紙上，移到臥室的梳妝桌。「那你幫我盯著它，交給你了！」

她進了浴室沒多久，戚瑋的手機響了。事務所的員工整理帳目時遇到麻煩，打電話來求救。通話了好半晌才解決問題，剛掛掉電話，錢心澄的聲音從浴室傳來。

「瑋，如何？」一洗好澡就迫不及待地問他。

經她提醒，他才趕緊到梳妝台前一看，頓時一愣。

見他沒回應，錢心澄急忙開了浴室門，衝到梳妝台前一看，也頓時一愣。

他倆緩緩對眼互覷，想從彼此的眼中確定——

確定那是第二條線，沒錯吧？

❀

婦幼診所候診間，戚瑋與錢心澄並肩而坐。兩人一早就直奔診所，進診間後第一件事仍是驗孕，現在正眼巴巴地等待結果。

一個穿著蓬蓬裙的小女孩跟著媽媽走進候診室，她坐到錢心澄旁邊，小嘴哼著一閃一閃亮晶晶，奶音滿溢的軟萌讓錢心澄不由自主地看向她。注意到錢心澄的視線，小女孩轉頭與她對上眼，水靈靈的大眼眨了眨，隨即咧嘴對錢心澄投以毫無保留的燦爛笑容。

感覺自己的心臟被一陣爆擊，錢心澄不自覺伸手抓住戚瑋的手臂。

「嗯？」不明就裡的戚瑋轉眸看過來，只望見錢心澄憨笑著對走進兒科診間的小女孩揮手說掰掰。

「她好可愛喔！」錢心澄低聲驚呼，一手撫上自己平坦的腹前。「希望我們的小朋友也這麼可愛。」

「嗯……我倒是很怕……」戚瑋黑眸閃爍、欲言又止。

「怕什麼？太可愛會被拐走嗎？」她好奇地追問。

「怕個性跟我一樣……會很麻煩。」

「哈哈！」錢心澄忍不住噗哧一笑。「原來你也覺得自己不好應付呀！」

戚瑋沒有回話，只將頭轉向了另一邊。

知道他在難為情，錢心澄笑著用雙手纏住他的手臂撒嬌道：

「但既然大的都被我收服了，小的又有什麼問題呢？而且，」她頓了下，湊到他耳邊細聲卻清晰地道：「我最喜歡你了呀！」

戚瑋聞言猛然乾咳了聲，耳廓漫起一陣紅。

知道他害羞，錢心澄得意一笑，正想再逗弄他，診間護理師出來喊道：

「錢心澄小姐，請進。」

進到診間，一張試紙擺在問診桌上。

忙著繕打病歷的醫師見到兩人進來，推了推眼鏡，轉手指向那張試紙。

「兩位，剛剛驗孕的結果，是陰性。」

❀

離開診所後她和他都需要消化這瞬間從有到無的巨變，一時間也不知道該去哪，便往熟悉的天母公園去。

兩人昨晚確確實實地看見了第二條線，甚至還找出了當下拍的照片給醫師看，證明所言不假，可醫師前因後果問了詳細後，真相便水落石出了。

錢心澄進澡間後將驗孕棒交給戚瑋觀察，恰巧戚瑋接了公事電話，講完電話的他才和洗完澡的錢心澄一起判讀結果。

若他倆再看一次說明書，就會發現上頭一排小小的紅字標註：

「請務必在十分鐘內判讀完畢」。

而戚瑋那通電話一看通話記錄，正是十三分鐘。

就這樣陰錯陽差，一切宛如黃粱一夢。

並肩走在步道上，錢心澄開口：「……這樣也好，不然毫無準備，我們的計畫都會被打亂。」一半是想安撫他，一半也是說給自己聽。

她本還擔心若突然有孕，工作的事該如何交接？而現在確定是烏龍一場後雖鬆了口氣，可不知為何卻覺得內心有一絲失落？

可能是昨晚入睡夢到她和戚瑋幫嫩嬰換尿布手忙腳亂的模樣，雖然慌張忙亂兩人卻笑得開心，夢醒時唇邊還洋溢著幸福的餘溫。想來是那溫暖的夢打動了她。

見他默然無語，錢心澄將臉蛋湊到他面前。

「瑋？」

瞥了她一眼，戚瑋緩緩開口道：「我沒有覺得計畫被打亂。」

「咦？」出乎意料的回答讓她一愣。

戚瑋牽著她的手握得更緊了些。「妳一直都在我的人生計畫裡。」

短短的一句話讓錢心澄的臉龐從呆愣轉為羞澀，粉唇泛起一抹甜蜜。

「真的嗎？那我想聽聽你的計畫。」靠著他的手臂，她開玩笑道：「該不會你早計劃好要求婚了？」抬頭對上戚瑋一雙錯愕的黑眸。

錢心澄一愣，頓下腳步，拉住戚瑋。

「你真的要跟我求婚？」她瞪大的雙眼寫滿不可置信，微張的唇瓣又驚又喜。

「沒有。」

這兩字一出，錢心澄前一秒還充滿期待的臉馬上像洩了氣的皮球垂下，本來不想洩漏計畫的戚瑋見了不忍心，又多加了句話：

「不是在這裡。」

補上的幾個字讓她的面龐瞬地又綻出一朵笑靨。「不論在哪，我都會很開心。」

戚瑋淡淡一笑，細長好看的黑眸滿是柔情。「但我不想勉強妳，如果妳覺得妳還沒準備好的話。」

錢心澄疑惑地望著他，滿是不解。

他沉思了下，才決定全盤托出。

「其實我一直有這個想法，但現在是妳在職場大紅大紫之際。雖然妳很忙常常加班，可是我知道妳樂在其中，我不想讓妳被其他東西絆住。」

戚瑋細膩的心思在短短幾句話中表露無遺。她嫣然而笑，眼眸盈滿感動。他總如此不著痕跡地為她設想一切。

「跟你在一起，一切才有意義。」錢心澄緊緊地握住他厚實的手掌，大眼堅定地望著他。「我願意。」

戚瑋黑瞳一震，緊緊回握住她，一抹微笑綻放在俊逸的臉蛋上。

執起她的手，修長的手指摩挲了下她的無名指。

「……可惜戒指放在事務所的保險箱。」

望了望四周，他黑眸一閃。

步道兩旁栽滿盛開的仙丹花，他信手撚下幾朵，折斷尾端取出花芯，再將幾株仙丹花頭尾相連成一個紅色小圈。

「錢心澄，妳願意跟我結婚嗎？」一雙黑眸泛著柔光，低沉的嗓音滿溢對她的愛。

從她出現在生命中的那一刻起，他就再也無法失去她。

雙眼笑瞇成彎月，臉蛋綴滿甜蜜的她毫不猶豫地點頭。

「我當然願意。」

兩人相視而笑，在彼此的臉上看見了幸福的模樣。

仙丹花戒指套上她的無名指，也套住雙方給予彼此的永恆承諾——

這輩子誰都不會放開誰。

後記

故事設定在疫情爆發之時，也是書寫時所處的背景。

疫情爆發後本業深受影響，頓時空出很多閒暇時間在家悶得慌，所以又突然想起這篇開稿寫了一半又因卡稿停頓的故事。

疫情改變了我的生活很多，因工作長年在異國生活，平時還有朋友互相照應，而疫情之時跟朋友相約不若以往方便，獨來獨往的生活個中滋味也只有自己知道。

撰寫這個故事某方面對我來說是種救贖，救贖我在來來回回不斷檢疫期間的孤單、救贖我本業停滯的惶惶不可終日。還記得當我困在北部潮溼陰暗的檢疫旅館內，一字一句敲著戚瑋和心澄在高雄遊玩的情節，嘴角也忍不住掛起微笑，好似自己也沐浴在溫暖的陽光裡。

回到故事本身，自己都不得不承認戚瑋實在不是個討人喜歡的男主角，雖然他體貼細心，可面對愛情的猶豫及軟弱實在是會讓人想揍醒他。

當初會有這樣的男主角成形，始於朋友對感情的疑惑：

「明明感覺他也很喜歡我啊！但為什麼就是無法在一起呢？」

對呀，為什麼呢？

若客觀條件都讓人理不出頭緒的話，那會不會是心理因素乃至於成長背景，讓有些人面對愛情總是裹足不前呢？

於是這樣的想法慢慢發酵成雛形。

戚瑋很幸運，最後能療癒自己、擁有幸福。但我知道，有許多人因為曾被愛所傷，不論是親情或愛情，而無法再接受愛與被愛。

我真心為這些人感到心疼，也希望每個人都能被愛善良以待。

期待下次與各位再相見。

醸愛情22　PG3039

不敢說愛的他

作　　者　葛　莉
責任編輯　邱意珺
圖文排版　陳彥妏
封面設計　王嵩賀

出版策劃　釀出版
製作發行　秀威資訊科技股份有限公司
114 台北市內湖區瑞光路76巷65號1樓
電話：+886-2-2796-3638　傳真：+886-2-2796-1377
服務信箱：service@showwe.com.tw
http://www.showwe.com.tw
郵政劃撥　19563868　戶名：秀威資訊科技股份有限公司
展售門市　國家書店【松江門市】
104 台北市中山區松江路209號1樓
電話：+886-2-2518-0207　傳真：+886-2-2518-0778
網路訂購　秀威網路書店：https://store.showwe.tw
國家網路書店：https://www.govbooks.com.tw
法律顧問　毛國樑　律師
總 經 銷　聯合發行股份有限公司
231新北市新店區寶橋路235巷6弄6號4F
電話：+886-2-2917-8022　傳真：+886-2-2915-6275

出版日期　2024年11月　BOD一版
定　　價　350元

讀者回函卡

Printed in Taiwan

國家圖書館出版品預行編目

不敢說愛的他/葛莉著. -- 一版. -- 臺北市 :
醸出版, 2024.11
面 ; 公分. -- (釀愛情 ; 22)
BOD版
ISBN 978-626-412-002-9(平裝)

863.57 113014476